MYSTIC LIGHTHOUSE MYSTERIES

双《ふた》子《ご》探《たん》偵《てい》ジーク&ジェン 6

幽《ゆう》霊《れい》劇《げき》場《じょう》の秘《ひ》密《みつ》

ローラ・E・ウィリアムズ／石田理恵訳

ハリネズミの本箱

早川書房

〈双子《ふたご》探偵《たんてい》ジーク＆ジェン⑥〉

幽霊劇場《ゆうれいげきじょう》の秘密《ひみつ》

THE MYSTERY OF THE HAUNTED PLAYHOUSE
by
Laura E. Williams

Translated by
Rie Ishida
First published 2007 in Japan by
Hayakawa Publishing, Inc.
This book is published in Japan by
arrangement with
Scholastic Inc.
557 Broadway, New York, NY 10012, U.S.A.
through Japan Uni Agency, Inc., Tokyo.
さし絵：モリタケンゴ

ティル一家に捧《ささ》げます。

もくじ

登場人物《とうじょうじんぶつ》

ジーク＆ジェン

11歳の双子《ふたご》のきょうだい

ビーおばさん

ジークとジェンのおばさん。
ミスティック灯台《とうだい》ホテルの主人

ウィルソン刑事《けいじ》

ミスティック警察《けいさつ》の元刑事

ジョー・ピネリ

ミスティック劇場《げきじょう》のオーナー

ヘイグさん

演出家《えんしゅつか》

アリス・ピネリ

ジョーの妻《つま》

キズメさん

ケイトの母親

ケイト・キズメ

主役を演《えん》じる高校生

ヘザー・エリオット

ケイトのライバル

ラリー・トムキンズ

新聞記者

トミー

ステイシー

ジークとジェンの親友

お手洗い
練習室
お手洗い
お手洗い
照明
スイッチ
通用口
オーケストラ・ピット
舞台
階段
引きあげ式の扉
舞台裏
舞台下
（倉庫）

読者のみんなへ

『幽霊劇場《ゆうれいげきじょう》の秘密《ひみつ》』へようこそ。この謎《なぞ》を解《と》くのはきみだ。犯人《はんにん》に結《むす》びつく手がかりは話の中にかくされている。巻末《かんまつ》にある「容疑者《ようぎしゃ》メモ」を使ってみよう。必要《ひつよう》ならコピーを取って、あやしいと思ったことを書きだすのだ。双子《ふたご》探偵《たんてい》ジークとジェンも同じ容疑者メモを使って謎を解いていく。さあ、きみはジークとジェンよりも先に『幽霊劇場の秘密』を解き明かすことができるかな。

幸運を祈《いの》る！

第一章　森のオオカミ少女

　ジークはミスティック劇場《げきじょう》を見あげた。少し先の、草が生《お》い茂《しげ》る小高《こだか》い丘《おか》に建《た》つ、のっぽの建物《たてもの》だ。「ヒッチコックのホラー映画《えいが》『サイコ』に登場する家みたいだ」薄気味《うすきみ》悪く聞こえるよう、わざと声を落とした。

　双子《ふたご》の妹のジェンはその横で体をふるわせた。「なんだかぞっとするね」この古い劇場は最近《さいきん》改装《かいそう》されたばかり。ペンキを新しく塗《ぬ》り替《か》えたのに、幽霊屋敷《ゆうれいやしき》のような雰囲気《ふんいき》は変《か》わらない。

　まるでジェンの考えていることがわかったように、ジークがきいた。「幽霊が出るって話、聞いた？」

「またへたな冗談《じょうだん》はやめてよ」ジェンは横目でジークを見ながら言った。メイン州《しゅう》ならではの強い風が吹《ふ》き、ジークの顔に茶色いくせっ毛がかかっている。

「冗談なんかじゃないさ。ある夜、作業員《さぎょういん》のひとりが、不気味《ぶきみ》なうめき声のような音を劇場《げきじょう》の中で聞いたらしい」ジークは青い目をきらきらさせながら説明《せつめい》した。

首すじがぞくっとして、ジェンは肩《かた》を丸めた。「古い建物《たてもの》だから、すきま風よ、きっと」

ジークは肩をすくめた。「たぶんね」そう言うとジェンのまえを歩きだした。「さあ行こう。遅《おく》れちゃうよ」

二人は坂を最後《さいご》までかけのぼると、通用口の赤い扉《とびら》から劇場の中に入った。扉の上には、〝出《しゅつ》演者《えんしゃ》および関係者《かんけいしゃ》〟という表示《ひょうじ》がかかげられている。劇場はすでに小中学校や、地元の高校の子どもたちでいっぱいだった。みんなにぎやかにしゃべっている。ここで、ミュージカルのオーディションがおこなわれるのだ。

入ってすぐのところに、この劇場の新しいオーナーであるジョー・ピネリとアリス・ピネリの老夫婦《ろうふうふ》がいた。二人は端《はし》に寄《よ》って、劇場全体の照明《しょうめい》のスイッチがならんだ大きな緑色の箱の近くに立ち、なにやらひそひそと話している。ジョーは背《せ》が高くやせていて、姿勢《しせい》がよく、白髪頭《しらがあたま》にごましおひげ。双子《ふたご》に気づくと、上《うわ》の空《そら》という感じで笑顔《えがお》を見せた。妻《つま》のアリスは、うなじのあたりで白髪《しらが》を丸くまとめているが、まるでひどい頭痛《ずつう》がするかのように、頭をかかえていた。

「こんにちは」ジェンは、二人の不安《ふあん》そうな表《ひょうじょう》情を不思議《ふしぎ》に思いながら、声をかけた。「どうかしたんですか？」

アリスは頭から手をはなし、わずかに笑みを浮《う》かべた。でも薄《うす》い緑色の目は笑《わら》っていなかった。どこか落ち着かない様子《ようす》で、ジェンの質問《しつもん》にも答えなかった。

ジョーは首をふった。「このミュージカルには賛成《さんせい》できない」声は低《ひく》く、しゃがれている。

「ミュージカルって、『森のオオカミ少女』のことですか？」ジークがきいた。

「そうよ」とアリスが顔をしかめる。「実《じつ》は、この劇場《げきじょう》の改修《かいしゅう》工事は完了《かんりょう》してないのよ」

「すべて完了したんじゃなかったんですか」とジーク。

アリスは弱々しく手をふりながら言った。「それは……大きな作業《さぎょう》は終わったけど、まだこまかなところがいろいろと残《のこ》っているのよ」

ジェンがあたりを見まわした。「とてもきれいになったと思うけど。あとはどんなことが必要《ひつよう》なんですか？」

ジョーがにらみつけるようにジェンを見た。「いろいろだよ。急ぐのは好《す》きじゃないんだ。特《とく》定《てい》の日に開演《かいえん》するために、急げ、急げ、なんてばかげている!」

「でも楽しみじゃないですか」ジェンはピネリ夫妻《ふさい》に向かって明るく言った。夫妻はビーおばさんの友人で、最近《さいきん》この劇場《げきじょう》の管理《かんり》運営《うんえい》をまかされてミスティックの町に引《ひ》っ越《こ》してきた。長年劇場主《ぬし》だったジョーの父親がようやく引退《いんたい》し、そのあとを引きつぐことになったのだ。つい先週には、幕《まく》やイスの布《ぬの》ばりを新しくしたり、舞《ぶ》台裏《たいうら》の高いところをわたるキャットウォークを新たに作ったりして、この古い建物《たてもの》を改装《かいそう》しているのだと興奮《こうふん》して話していたばかりだ。それなのに、なにが起こったのだろうか。

「楽しみじゃないんですか?」二人の様子があまりにもおかしいので、ジークはあらためてきいた。「あの『森のオオカミ少女』を、まさにこの場所で最初《さいしょ》に上演《じょうえん》された日から、ちょうど五十周年《しゅうねん》という日に再演《さいえん》するんですよ」

ジョーとアリスは顔を見あわせただけで、楽しみなのかどうかも答えなかった。ジョーはただぶつぶつひとりごとをくりかえしていた。「急げ、急げ、だと」

「そろそろ行かなきゃ」ジェンの腕《うで》をひっぱりながらジークは言った。オーディションに遅《おく》れたくない。そこでピネリさんたちにあいさつをすると、ステージの端《はし》へと急いだ。

「ピネリさんたち、いったいどうしちゃったのかな」ジェンがジークにささやいた。二人はステージわきの階段《かいだん》をおりて、オーケストラ・ピットの手前の最前列《さいぜんれつ》のイスに腰《こし》をおろした。

「『森のオオカミ少女』を上演《じょうえん》するというのに、楽しみじゃないなんて、どうしてだろう？」ジークが不思議《ふしぎ》がった。「ぼくは犠牲者《ぎせいしゃ》役のどれかをやりたい。血だらけになって死んでいくんだ。血のりをたっぷり使ってさ」

「ばかみたい」ジェンは苦笑《にがわら》いしながら言った。そして茶色い髪《かみ》の毛を耳にかけた。「でもまじめな話、どうしてピネリさんたちはこの公演を喜《よろこ》んでいないのかしら？　アレイナ・シャインを有名にしたミュージカルだというのに」

「そうだよな」とジーク。「なにしろ、アレイナがハリウッドのスカウトの目に留《と》まった上演から、ちょうど五十年たった、まさにその日に再演《さいえん》されるんだから、おおぜいの人が見にやってくる。ピネリさんたちにも、ざくざくお金が入る。今回の改修費用《かいしゅうひよう》はすべてまかなえちゃうだろうな」

「じゃあ、なぜアリスさんはあんなに怒《おこ》った様子だったの？」

ジークは肩《かた》をすくめた。「二人のあいだでなにが起きたのかなんて知らないよ」

「ビーおばさんにきいてみようっと」ジェンがきっぱりと言った。

双子《ふたご》のジェンとジークは、二歳《さい》のころに両親を交通事故《じこ》で亡《な》くして以来《いらい》、ずっとビーおばさんの元で暮《く》らしてきた。ビーおばさんはこの町で、ミスティック灯台《とうだい》ホテルを営《いとな》んでいる。もちろん二人も手伝《てつだ》っている。ホテルは大繁盛《だいはんじょう》で、おばさんはいつもいそがしくしている。残念《ざんねん》ながら夫《おっと》のクリフおじさんは二年まえ、このホテルが開業する直前に亡くなってしまった。でもビーおばさんは双子の手を借《か》りることができるし、ウィルソン刑事《けいじ》やピネリさんたちのような、いい友だちもいる。ビーおばさんなら、ジョーとアリスになにがあったのかも知っているはずだ。

ジェンの親友のステイシーが、となりの座席《ざせき》にすとんと腰《こし》をおろした。「なかなかいい雰囲気《ふんいき》じゃない」頭をうしろにたおし、高い天井《てんじょう》を見あげた。雲や星、四すみにはそれぞれ天使が描《えが》かれている。

「オーディションを受けるの?」ジェンがきいた。ステイシーが来るとは思わなかったので、おどろいたのだ。

「まさか」カールした金髪《きんぱつ》をゆらして、ステイシーが首をふった。「歌なんてぜったい無理《むり》」と言い、取材用《しゅざい》のメモを取り出した。「このミュージカルと、謎《なぞ》につつまれた伝説《でんせつ》のハリウッド女《じょ》優《ゆう》、郷里《きょうり》の誇《ほこ》りアレイナ・シャインについて、記事を書くのよ」

ジェンが笑《わら》った。「まるで記事のタイトルみたい」

「タイトルだもの」とステイシー。青い目がきらきらとかがやいている。「どう？　気に入った？」

「伝説のハリウッド女優、郷里の誇りアレイナ・シャイン」ジェンがくりかえした。「なかなかいいじゃない！」

ステイシーはカチリとペン先を出して、書く準備《じゅんび》をした。「それで、ミュージカルの内容《ないよう》は？」

ジークはジェンに体を近づけ、「予習はしてこなかったみたいだな」と言った。

「ちょっと、取材のじゃましないでよ」ステイシーがするどく言いかえした。そしてふたたびジェンのほうを向いた。「それで？」

「『森のオオカミ少女』は、オオカミ人間の女の子の話なの」ジェンが話しはじめた。ステイシーがメモを取りやすいように、ゆっくりとしゃべる。「この女の子はほんとうはやさしい子なの。

でも満月《まんげつ》の夜になると、森の中をうろついては、出会い頭《がしら》にだれでも殺《ころ》してしまう」

「いやだ！」ステイシーは声をはりあげたが、書く手は止まらない。

ジークはまたジェンに体を寄《よ》せた。「そしてぼくが殺されるのです」ジェンとステイシーに向かってにこっと笑《わら》った。

「よかった」とステイシー。

ジェンはジークがしかめっつらになったのを見て、笑った。「とにかく、オオカミ少女は自分が殺されると知りながら、この怪物退治《かいぶつたいじ》を町の人たちに呼《よ》びかけるのよ。最後《さいご》に、狩人《かりうど》の放《はな》った矢を心臓《しんぞう》に受けて、息絶《いきた》えるとき、美しい歌を歌うの」

「なんて悲しい話なの」ステイシーはメモ帳《ちょう》を閉《と》じて、そう感想をもらした。

「その最後の曲で、アレイナ・シャインが有名になったのよ」とジェン。「ハリウッドのスカウトたちはアレイナの演技《えんぎ》に魅了《みりょう》され、すぐにカリフォルニアへ連《つ》れていったのよ。それ以降《いこう》、七年間で十四本もの映画《えいが》に出演《しゅつえん》したわ」

ジークは最後にもう一度ジェンに体を近づけ、声を低《ひく》くし、まるで劇《げき》のせりふのように言った。

「そしてアレイナは永遠《えいえん》に姿《すがた》を消したのです！」

第二章　オーディション

ステイシーは目に見えて体をふるわせた。「それは残念《ざんねん》なことを！」

ジェンもうなずいた。「残念どころか、悲劇《ひげき》よ。有名になって、華《はな》やかな生活を手に入れたのに、人気の絶頂《ぜっちょう》で命を落とすなんて」

「それもこのミスティックで」ジークがつけ加《くわ》えた。「アレイナはヨットで海に出て、嵐《あらし》に襲《おそ》われた。そして二度ともどらなかった。それで――」

「注目！」大きな声が聞こえた。一瞬《いっしゅん》のうちに、劇場《げきじょう》は静《しず》かになった。あの横柄《おうへい》なしゃべりかたは、演出家《えんしゅつか》のヘイグさんだ。

ジェンはイスに身を沈《しず》めた。うわさによると、ヘイグさんのまえでは目立たないようにするのがいちばんなのだとか。ヘイグさんはもじゃもじゃの黒髪《くろかみ》と、日焼《ひや》けした顔をしている。口を開くたびに、両手を大きくふりあげ、指示棒《しじぼう》や丸めた楽譜《がくふ》で派手《はで》なジェスチャーを加《くわ》える。

「そろそろ静《しず》かにしてもらえないかな。もう始めたいんだがね！」大声で叫《さけ》んでいる。

「まさに同感です！」かん高い声が聞こえた。

ヘイグさんをさえぎるなんて、とジークは思った。ふりかえると、ややかっぷくのいい女の人が、劇場《げきじょう》の後方から客席《きゃくせき》の通路をずかずか歩いてくるところだった。そのうしろを、長くてきれいな黒髪の女の子が、うつむきかげんについてくる。ケイト・キズメだ。高校の一年生だが、ジークはケイトのことを知っていた。

母親のキズメさんは、ヘイグさんと鼻をつきあわせるくらいにまで近づき、ようやく足を止めた。「ケイトも着きましたから、始めていいですわ」

「それはすばらしい」皮肉《ひにく》たっぷりにヘイグさんが言った。でもキズメさんはまったく気づいていない。

「そうでしょう」そう言うとキズメさんは娘《むすめ》を引き寄《よ》せた。「まずはあなたからよ。もっとも、あなたが歌えば、だれがアレイナ・シャインの役をやるかは一目瞭然《いちもくりょうぜん》でしょうけどね！」

「演出《えんしゅつ》するのはわたしだ」ヘイグさんがうなるように言った。「決めるのはこのわたしだ。オーディションの順番《じゅんばん》も、オーディションすら受けられないのはだれなのかも！」

「あら、ケイトが最初《さいしょ》に決まってるじゃありませんか」おどろいたことに、キズメさんも引きさがらない。ヘイグさんに逆《さか》らおうとする人など、ひとりもいないのに。「だって、最高の主役が決まったとわかれば、オーディションは必要《ひつよう》ありませんし、時間の節約《せつやく》になりますでしょ」キズメさんはそう言いながら、娘《むすめ》の肩《かた》をやさしくトントンとたたいた。

ケイトは顔を伏《ふ》せたままだ。黒髪《くろかみ》がまるでカーテンのように、顔の両側《りょうがわ》にさがっている。ジェンはケイトがかわいそうで、もじもじした。

「よろしい」ヘイグさんはまだ苦々《にがにが》しい顔をしている。「ケイト、ステージにあがって、練習してきた歌を歌うんだ」

キズメさんは指輪《ゆびわ》だらけの両手をきゅっと合わせた。「ほら、行きなさい」そう言うとケイトをまえに押《お》し出した。

シーンと静《しず》まりかえる中、ケイトは舞台《ぶたい》わきの階段《かいだん》をのぼった。ステージの中央に立ち、母親がピアノ伴奏者《ばんそうしゃ》に楽譜《がくふ》をわたすのをじっと待った。伴奏者がうなずくと、ケイトは口を大きく開いた。

ケイトの歌声にジークはすっかり魅了《みりょう》された。最初《さいしょ》はまるで、やわらかく、なめらかな絹《きぬ》のような歌声だった。それが歌のクライマックスにさしかかると、豊《ゆた》かにひびきわたる、力がみなぎる声へと変《か》わった。ジークは鳥肌《とりはだ》が立った。最後の音が消えていき、歌が終わると、観客《かんきゃく》はしばらくだまっていたが、やがていっせいに拍手《はくしゅ》を始めた。

ケイトはにこりともしない。肩《かた》をすくめただけで、ステージの下で待つ母親の元へと向かった。

キズメさんの顔は満足感《まんぞくかん》で上気している。

「ほらね」とヘイグさんに声をかける。「これで主役は決まりね！」

「次の人」ヘイグさんはキズメさんの言葉を無視《むし》して、大声で命じた。

ジークは小声でジェンにささやいた。「ケイトしかいないだろう。すごい歌声だったもん」

「そうね。でもヘイグさんは、人から指示《しじ》されるのが嫌《きら》いでしょ」ジェンも声をひそめて返事をした。

トミーがジークのとなりの席《せき》にすべりこんだ。「オーディションを受けにきたんじゃないよ」

ジークが、なんの役をねらっているのかときくまえに、すばやく言った。「赤の他人をまえに、ステージで歌うなんて。背景幕《はいけいまく》を描《えが》くのを手伝《てつだ》うのさ。ジェンにたのまれてね」

ジェンがトミーに向かってにこっと笑《わら》うと、トミーはわざといやな顔をしてみせた。ジェンはもうスタッフになることに決まっている。裏方《うらかた》はいつも人手不足《ひとでぶそく》だ。そこでトミーとステイシーにも声をかけたのだ。

女の子が数名、主役のオーディションを受けたが、ケイトほどの声の持ち主《ぬし》はあらわれなかった。男の子たちは、男性の主役である狩人《かりうど》のオーディションから始まり、小さな役へと移《うつ》っていった。そしてようやくジークの番がまわってきた。

「どの役が希望《きぼう》なのかね？」ヘイグさんは乱《みだ》れた髪《かみ》の毛を手ですきながらきいた。

「悲惨《ひさん》な死にかたをする役がやりたいです」ジークがはっきりと答えた。

「同時に歌も歌えるかね？」

それを証明《しょうめい》してみせるため、ジークは『森のオオカミ少女』の中の曲から、コーラス部分を歌ってみせた。歌いながら器用《きよう》に身もだえし、とうとう舞台《ぶたい》にたおれて、死んだふりをした。観客《かんきゃく》は歓声《かんせい》をあげ、野次《やじ》もとんだ。トミーは高らかに指笛を鳴らした。

「ぼくもやってみようかな」トミーはジークに拍手《はくしゅ》を送りつづけながら言った。「こんなかっこいい役があるとは知らなかったよ」

ジェンはあきれた。「歌を歌うのよ、わかってる？　かわいいオオカミ少女にかみ殺《ころ》されるだけじゃないんだから」

「あ、そうか」トミーは肩《かた》をすくめた。「それに、背景幕《はいけいまく》を描《えが》くのに、ぼくが必要《ひつよう》なんだろ」

とつぜん、十代の女の子がステージにかけあがってきた。すっかり息が切れている。「すみません」必死《ひっし》にあやまっている。「ヘイグさん、遅《おく》れてしまってすみません。おかあさんの車が故《こ》障《しょう》して、ここまで走ってきたんですけど――」

ジークは、スポットライトの中へかけこんできた少女を見つめた。そして、死んだふりをやめて立ちあがり、自分の席《せき》にもどった。

「ヘザー・エリオット」ヘイグさんは突《つ》き放《はな》すように言った。「オオカミ少女のオーディションはもう終わったよ」

「でも、どうしようもなかったんです」ヘザーは悲しげな声をあげた。肩《かた》のあたりでくるっとカールした、薄茶《うすちゃ》がかった金髪《きんぱつ》に、赤いヘアバンドをしている。「お願《ねが》いします。オーディションを受けさせてください」

ヘイグさんは足を踏《ふ》み鳴らした。体のわきで、しっかりとこぶしをにぎりしめている。「エリオットくん、わたしはひいきはしない。そんなことは、もうわかっているはずだろう!」

「おっしゃるとおりですわ」キズメさんが最前列《さいぜんれつ》から言葉をさしはさんだ。「時間に遅《おく》れたんですから、しかたないですわよね」

ヘイグさんはくるっとまわると、キズメさんをにらみつけた。「考えなおすことにした」ヘザーに向きなおって言った。「オーディションを受けることを許可《きょか》しよう」

キズメさんは怒《いか》りで思わず息をのみ、ヘザーはにこっと笑《わら》った。着ていたウィンドブレーカーを舞台《ぶたい》の袖《そで》に放り投げ、せきばらいをしてから、朗々《ろうろう》と歌いだした。

「じょうずじゃない」ジェンがジークに言った。

ジークもうなずいた。「力強い声だね。でもケイトほど声域《せいいき》は広くない」

ジェンは肩《かた》をすくめた。とてもうまいと思うけど。でも歌については素人《しろうと》だ。サッカーボールなら、ねらったところにけることができる。でも音階となると、ねらった音が出たためしがない。高すぎるか、低《ひく》すぎるか、どちらかだ。ジェンが歌うと、まわりの人が顔をしかめる。だからサッカーに専念《せんねん》することにしたのだ。歌はジークとか、ヘザーやケイトのような人たちがやってくれればいい。

ヘザーは歌いおわると、ほんものの俳優《はいゆう》のように軽くおじぎをした。みんなはさかんに拍手《はくしゅ》を送った。でもジークは、キズメさんだけは拍手していないことに気づいていた。

「なかなかいいじゃないか」ヘイグさんがこのときだけは笑顔《えがお》になった。

ヘザーはうれしそうな顔をして、とびはねるようにステージからおりた。

「オオカミ少女の妹ならできそうね」キズメさんが大きな声で言いながら、ヘイグさんのそばへ行った。「でもやっぱりうちのケイトちゃんが、主役に決まりだわ」

「演出《えんしゅつ》するのはこのわたしだ」するどい口調《くちょう》でヘイグさんが返した。「わたしが決める」

「でも、ケイトのほうがはるかによかったことぐらい、ばかでもわかりますわ」キズメさんはヘザーの顔を見た。「悪気はないのよ。でもあなたは遅刻《ちこく》してきたから、ケイトのオーディションを見てないでしょ。とてもすばらしかったのよ」

ヘザーは口をぽかんと開けたまま、キズメさんを見ていた。一方のケイトはイスにすわったまま、小さくなっている。ますますうつむいたので、真っ赤な顔が髪《かみ》の毛でほとんどかくれてしまった。ヘイグさんは今にもキズメさんに襲《おそ》いかかりそうだ。

言いすぎたと気づいたのか、キズメさんは声を小さくしてきいた。「公演初日《こうえんしょにち》に、ハリウッドとブロードウェイからスカウトを呼《よ》んでいるという話はしましたかしら？」がらりと変《か》わってやさしい声だ。「スカウトたちは、才能豊《さいのうゆた》かな演出家《えんしゅつか》にも目を留《と》めるかもしれませんわね」

ヘイグさんは、ぱくっと音がするくらいすばやく口を閉《と》じた。

「悪くないお話でしょう」とキズメさん。なにかたくらんでいるような言いかただ。「ケイトはこの役のために生まれてきたようなもの。そのままケイトにやらせればいいのです。あなたの将《しょう》来《らい》も大きく変わるかもしれませんわよ」

ヘイグさんはだまったまま、メモをまとめ、自分の大きなバッグに詰《つ》めこんだ。「ブロードウェイね」最前列《さいぜんれつ》のあたりにだけ聞こえるような声でつぶやいた。

ジェンとジークは顔を見あわせた。ヘイグさんはブロードウェイ進出のチャンスだと思って、それだけでケイトをオオカミ少女役に抜擢《ばってき》するだろうか。ヘイグさん自身も売れっ子になりたいのだろうか。

第三章　停電《ていでん》だ！

日曜日のお昼近く、灯台《とうだい》ホテルでは、ジークがふかふかのホットケーキを半分、口に詰《つ》めこんでいた。「うまい！」飲みこんでから思わず声が出た。「このホットケーキは世界一だね！」

ジェンが台所にさっと走りこんできた。オールド・イングリッシュ・シープドッグのウーファーと、毛の長い飼《か》いネコのスリンキーがそのあとからついてくる。

あたりを見まわし、ジェンは言った。「ブランチは終わっちゃった？」

ビーおばさんがコンロのまえでふりむいた。いつものように花柄《はながら》の長いスカートをはき、青緑色のシャツを着ている。白髪《しらが》まじりの長い髪《かみ》は、三つ編《あ》みにまとめられている。「ジークに全部食べられちゃいそうだけど、どうにかあなたの分の生地《きじ》を確保《かくほ》しておいたわよ」

ジェンは台所の小さなテーブルのまえに腰《こし》をおろした。食事を出す泊《と》まり客がいないときに使うテーブルだ。「今朝《けさ》はお客さんはいないの？」ホテル内が静《しず》かなので不思議《ふしぎ》に思った。

ビーおばさんはフライ返しをふりながら答えた。「まさか。レノルズ一族のブランチのあいだじゅう、寝《ね》てたのね。夜遅《おそ》くまでテレビでも見ていたんじゃないの？」

「実《じつ》はミステリ小説《しょうせつ》を読んでいたの。だれが金のリンゴを盗《ぬす》んだのかがわかるまで、どうしてもやめられなかったのよ」そしてあくびをした。「おもしろすぎる本は、これだから困《こま》るよね」

ビーおばさんもジークも笑《わら》った。ジェンの本好《ほんず》きを知っているのだ。

「今はほかの部屋《へや》は空《あ》いてるけど、今度の公演《こうえん》のために部屋を予約《よやく》したいという電話が、記者たちからあったわ」

「もう？」ジークが言った。「早いね」

「キズメさんは言ったとおり、いろいろなところで宣伝《せんでん》してるみたいね」ジェンはビーおばさんが用意しておいてくれた、しぼりたてのオレンジジュースを飲んだあとで言った。

「スカウトからの予約はないの？」ジークが期待をしながらきいた。

ジェンが笑《わら》った。「どうして？　もしかして、最高《さいこう》の死体役として発掘《はっくつ》されたいの？」

ジークはにやりとした。「ぼくのあの死にかたはなかなかのものだって、知ってるくせに」

ビーおばさんも、ジェンのまえにホットケーキを置《お》きながらクスクス笑った。「残念《ざんねん》だけど、スカウトからの予約《よやく》はないわね。でも記者がひとり、今日到着《とうちゃく》するわ。大都市の新聞の記者らしいわよ」そう言うとおばさんは双子《ふたご》と同じテーブルにつき、顔をしかめた。

ジェンはおばさんを見た。いつもならもっとニコニコしているのに、どうして急に顔をくもらせたのか、気になった。

ジークもおばさんの変化《へんか》に気づいた。「どうしたの？」

「『森のオオカミ少女』の再演《さいえん》のさわぎよ。アレイナ・シャインの思い出を、そっとしておいてくれればいいのに」

ジェンとジークは顔を見あわせた。双子テレパシーがはたらき、ジェンがだまっていろと命じているのを、ジークは感じ取った。それでもきかずにはいられなかった。「アレイナはほんとうに死んだのかな？」

一瞬《いっしゅん》、ビーおばさんは宙《ちゅう》を見つめた。「そうでしょうね」ゆっくりと話しはじめた。「でも昔からのファンも最近《さいきん》のファンも、みんながミスティックに集まり、アレイナ失踪《しっそう》事件《じけん》をほじくりかえすことになる。四十三年まえ、嵐《あらし》の中、アレイナがもどらなかったときは、ほんとうにショックだった。さほど沖《おき》まで出てなかったはずなのに、結局《けっきょく》ヨットも、アレイナ自身も見つからなかった」

「ポセイドン三角海域《かいいき》となにか関係《かんけい》があるのかな?」ジェンが言った。少し沖合《おきあい》に広がる不吉《ふきつ》な海域のことだ。海ヘビが目撃《もくげき》されたり、船が理由もなく沈没《ちんぼつ》したりすると言われている。

「警察《けいさつ》は、最終的《さいしゅうてき》には事故《じこ》による溺死《できし》、と発表したんだよね」

ビーおばさんがうなずいた。

「子どものころのアレイナって、どんなふうだったの?」ジェンがやさしい口調《くちょう》できいた。アレイナ・シャインとビーおばさんは同級生で、アレイナが〝発掘《はっくつ》〟されるまでは親友だったのだ。

「つらければ、答えなくてもいいけど」ジェンは急いでつけ加《くわ》えた。

「とんでもない」ビーおばさんは手をふりながら答えた。「五十年もまえの話よ。アレイナがハリウッドに行ってしまってからは、いそがしくなったのか、ほとんど連絡《れんらく》はこなくなった。でも同級生だったころは親友だったわ。おとなしくて、やさしくて、派手《はで》なことは嫌《きら》いだった。だから一気にスターになり、世界じゅうから注目されるなんて、アレイナにとってたえがたいことだったと思うわ。友だちからも家族からもはなれて、ハリウッドではものすごく孤独《こどく》だったはずよ」

ミツバチ柄《がら》で飾《かざ》られた台所がしんと静《しず》まりかえった。ジェンは、自分がミスティックから引きはなされ、華《はな》やかなパーティーや、知らない人だらけの生活に放りこまれるなんて、想像《そうぞう》できなかった。有名になれたら楽しいだろうな、といつも思っていたけど、その夢《ゆめ》もとつぜんさびしいものに感じられた。

シロップがしたたるホットケーキをもうひと切れ食べた。ウーファーがものほしげに、ジェンのひじを鼻で押《お》したので、思わず笑《わら》ってしまった。それが静寂《せいじゃく》を破《やぶ》るきっかけになった。

「お皿ならなめさせてあげる」ジェンはウーファーに向かって言った。「でもせかさないで」

「失礼《しつれい》します」そのとき、台所の入り口で声がした。三人ともびっくりして、イスからとびあがってしまった。

ビーおばさんは心臓《しんぞう》をおさえながら、「あー、おどろいた」と言い、立ちあがった。

見知らぬ人が、恥《は》ずかしそうな笑《え》みを浮《う》かべ、台所に入ってきた。背《せ》の高さは中くらいで、髪《かみ》の毛は茶色、目は深い緑色。カジュアルなセーターを着て、濃《こ》い色のジーンズをはいている。

「おどろかせてすみません」早口で言った。「早く着いてしまったら、フロントにどなたもいらっしゃらなかったので、ここまで来てしまいました。においをたどって来たんですよ」ジェンがウーファーのために床《ゆか》に置《お》こうとしている空《から》のお皿を、目ざとく見つけた。

「ラリー・トムキンズさんですね」とビーおばさん。「記者の」

「そのとおりです」その人はにっこり笑《わら》って答えた。「記者というより、演劇評論家《えんげきひょうろんか》に近いですが」

「どこの新聞に書いているんですか？」ジークがきいた。台所の入り口でおどろかせるまで、どうしてこの人が来たことに気づかなかったんだろう、と不思議《ふしぎ》に思いながら。

「《ザ・ニューヨーク・タイムズ》だよ」ラリーは口ごもった。「あのー、なにか食べさせていただくことはできるでしょうか？」

「うちは朝食つきの宿ですからね」とビーおばさん。「今日の場合は、ブランチですけど。台所でよろしかったら、どうぞおかけください。ホットケーキを何枚《まい》か焼《や》きましょう」

ラリーは腰《こし》をおろした。「ありがとう」

「そろそろミスティック劇場《げきじょう》に行かなきゃ」ジークは立ちあがった。「ヘイグさんが今日、配役《はいやく》を発表するんだ。ビーおばさん、車で送ってもらえる？」

ビーおばさんが答えるまえに、ラリーが口を開いた。「わたしも劇場に行くつもりだったから、食べおわるまで待てるなら乗っていかないかい？　帰りもどうぞ。稽古《けいこ》中、ずっと劇場にいるつもりだから」

それがみんな都合《つごう》がよかったし、ラリーもぜひにと言ってくれたので、ジェンとジークは部屋《へや》にもどり、出かける準備《じゅんび》をした。クリフおじさんは亡《な》くなるまえに、古い灯台《とうだい》を改装《かいそう》して、ジークとジェンそれぞれに円形の部屋を作ってくれた。ミスティック湾《わん》と大西洋が見わたせる部屋だ。

数分後、二人はロビーで合流し、ラリーを待った。

「ラリーさんが入ってきた音、聞こえた？」ジェンが聞かれないよう、小さな声でたずねた。目には自信《じしん》があるが、耳はジークのほうがはるかにいい。

ジークは首をふって、顔をしかめた。「ジェンやビーおばさんと同じ。あそこに立っているラリーさんを見て、心底《しんそこ》おどろいたよ。あれだけ足音を立てずに歩く人ははじめてだよ。まるで足が地面にふれていないみたい。練習でもしてるのかな」

「準備《じゅんび》はできたかい？」ラリーの声がした。二人の真うしろに立っていた。ジェンがおどろいて悲鳴をあげ、二人はくるっとふりかえった。ジェンはラリーの茶色い革《かわ》ぐつを見た。特別《とくべつ》音の立たないくつには見えない。なのに、気づかれないように人に近づくのが、ほんとうにうまい。

ラリーは二人にほほえんだ。「おどろかせてしまったかい？」

ジークは首を横にふった。「いいえ。ずっとまえから気づいてましたよ」

ジェンが目を丸くしてジークを見たので、ジークはニヤッとほほえみかえした。

劇場《げきじょう》に着くと、生徒《せいと》がおおぜい通用口のまわりに集まっていた。ヘイグさんがまもなく来て、掲示板《けいじばん》に配役表をはりだすことになっている。そわそわして、中で待っていられなくなったのか、みんな外に出てきて、ヘイグさんの到着《とうちゃく》を今か今かと待っていた。ジェンとジークもそこに加《くわ》わった。ラリーもすぐうしろにいる。

「だいじょうぶよ」ジェンがジークにささやいた。「あの死ぬ役は、まちがいなくジークのものよ。ジークほどリアルに死ぬことができた人はいないもの」

ジークはにっこりと笑《わら》った。「ありがと」

だれかに腕《うで》をたたかれてジェンがふりかえると、おどろいたことにケイト・キズメが横に立っていた。気づかれたくないとでもいうように、うつむいたままだ。

「あなた、大道具の責任者《せきにんしゃ》よね？」ケイトがきいた。

「まあ、そうです」とジェン。裏方《うらかた》を手伝《てつだ》っているほかの子どもたちにくらべれば、経験《けいけん》はある。おそらく責任者になるだろう。

「ねえ、もし大道具をデザインしたり、色を塗《ぬ》ったり、衣装《いしょう》を縫《ぬ》ったりでもいいから、人手が必要《ひつよう》なら教えてくれる？　手伝いたいの」

「あ、はい、わかりました」ジェンはもごもごと言った。でもほんとうは、主役を演《えん》じることになるといそがしくて裏方なんてできないでしょう、と言いたかった。

「ケイティーちゃん」キズメさんが人を押《お》し分け、ケイトを呼《よ》んでいる。「こんなところにいたのね。さがしちゃったじゃない。ヘイグさんが車からおりるところよ！」キズメさんはジェンにはちらりとも目をくれず、娘《むすめ》を連《つ》れていってしまった。

ジェンは肩《かた》をすくめた。自分はたんなる裏方だ。スカウトに〝発掘《はっくつ》〟されることもない。それでかまわない。有名になるとは、キズメさんのような人とつきあわなければいけない、ということなら、なおさらだ！

ヘイグさんが歩いてきた。人だかりも左右に分かれて、道を開けたので、通用口まで一直線だ。ヘイグさんはじっとまえを見すえたまま、まるで王さまが家来《けらい》のあいだを通るときのように歩いた。ほかのみんなと同じように、ジークもヘイグさんがにぎりしめている紙にとびかかりたい気分だ。しかししんぼう強く待つしかない。ヘイグさんが劇場《げきじょう》に入ると、みんなぞろぞろついていった。ヘイグさんが配役表をはり、いなくなるや否《いな》や、期待を胸《むね》にどっと押《お》し寄《よ》せた。まえにいた人たちは押しつぶされそうになった。

「やった！」オオカミ少女に殺《ころ》される〝犠牲者《ぎせいしゃ》その三〟のところに自分の名前を見つけて、ジークは歓声《かんせい》をあげた。「ステージで死ねるぞ！」

とつぜん、かん高い声がひびきわたった。

「ケイティー、やったじゃない！　あなたがスターよ！　ちょっといやなやつだけど、わかってくれると思ってたのよ。やった！　やった！」キズメさんが叫《さけ》んでいる。

だれかがジークにぶつかってきた。ヘザー・エリオットだ。怒《いか》り狂《くる》った顔で走り去っていった。

「行こう、ジーク」ジェンがジークの腕《うで》をつかみながら言った。「ピネリさんたちにあいさつしなくちゃ」

ピネリ夫妻《ふさい》は、この様子を緞帳《どんちょう》の横から見ていた。きのうと変《か》わらず、まったくうれしそうではない。二人がなにを気にしているのか、ビーおばさんにきくつもりだったのに、とジェンは思った。

ラリーがそばにいたので、ジェンはジョーとアリスに紹介《しょうかい》した。「ラリー・トムキンズさんです。演劇評論家《えんげきひょうろんか》なんですって」

ラリーはにっこりと笑《わら》って、手をさしだした。「はじめまして」

「こんにちは」ジョーは軽く握手《あくしゅ》をし、すぐに手をはなした。アリスはだまったままだ。くちびるをギュッと結《むす》んでいるので、口元が白く見えるほどだ。

「この由緒《ゆいしょ》ある劇場について、少しお話をうかがえますか？」ラリーがたずね、小さな黒いテープレコーダーを取り出した。ジェンが去年の誕生日《たんじょうび》にもらったものと似《に》ている。

「今は遠慮《えんりょ》させてもらいたい」ジョーはぶっきらぼうにそう言うと、アリスをせきたて、失礼《しつれい》とも言わずにいなくなってしまった。

ラリーは二人が去っていくのを見て、肩《かた》をすくめた。「あとでまたきいてみるよ」ジェンとジークに言った。「そのほうがうまくいくんだ」

「演出家《えんしゅつか》のヘイグさんに紹介《しょうかい》しますよ」とジーク。でも、稽古《けいこ》も始まらないうちに新聞記者を内部に入れるとなったら、ヘイグさんがどういう反応《はんのう》を示《しめ》すのか、まったく見当もつかない。

ジェンとジークは、ラリーをヘイグさんの元へ連《つ》れていった。さっそく年長の男の子たちをどなり散《ち》らしている。「できないのなら、出ていけ！」そう言うなりくるっとふりかえり、こちらに向かってきた。黒い目が怒《いか》りにくもっている。

「あのー、記者のラリー・トムキンズさんです」ジークが早口で言った。できるだけ早く紹介を終わらせたかった。

「ようこそおいでくださいました、トムキンズさん」ヘイグさんはそう熱《ねっ》ぽく言うと、軽く会《え》釈《しゃく》した。というより、おじぎに近い。

ジークはびっくりして、ヘイグさんをじっと見つめた。ラリーを追い出すか、なにかを投げつけるのではないかとひやひやしていたのに。気分屋の演出家はなにを考えているのか、まったくわからない。

「劇評《げきひょう》でお名前を拝見《はいけん》したように思いますよ」ヘイグさんがしゃべりつづけている。「来ていただけてうれしいかぎりです。もちろん、今日がはじめての読みあわせだということを忘《わす》れないでくださいよ。お楽しみいただけるとは思いますが」

「そうでしょうね」とラリー。

こんなに愛想《あいそ》のいいヘイグさんははじめてだ。ラリーが三列目に陣取《じんど》ると、ジークは台本をもらいにいき、ジェンは裏方《うらかた》の人たちと合流した。ステイシーとトミーも約束《やくそく》どおり来てくれた。

ヘイグさんが全体を静《しず》かにさせると、台本の読みあわせが始まった。ジェンは自分の仕事に没《ぼっ》頭《とう》していたので、ステージの様子にはまったく注意を払《はら》っていなかった。けれども、ケイトが矢を受け、満月《まんげつ》に向かって最期《さいご》の歌を歌いあげるという、このミュージカルのクライマックスにさしかかると、みんなが作業《さぎょう》の手を止めた。目がケイトにくぎづけになり、歌に聞き入《い》ってしまう。ヘイグさんは一度としてケイトをさえぎったり、指導《しどう》したりしなかった。

ケイトの声は孤独《こどく》なオオカミの遠吠《とおぼ》えそっくりに、大きくなったり、小さくなったりした。別《わか》れはさびしいが、自分がいなくなれば、村には安全がもどると歌いあげた。ジェンは背《せ》すじがぞくぞくした。暗い観客席《かんきゃくせき》を見まわしたが、目をこらしても、三列目にいるはずのラリーの姿《すがた》は見えなかった。

最後《さいご》の高音で、ケイト演《えん》じるオオカミ少女は月に向かって両手をのばし、そのまま息絶《いきた》えてしまう。そのすばらしい場面にさしかかったとき、劇場《げきじょう》のすべての照明《しょうめい》が点滅《てんめつ》し、いっせいに消えてしまったのだ！

第四章　不気味《ぶきみ》な音

パニックにおちいったみんなは、口々に叫《さけ》んでいた。「照明《しょうめい》をつけて！」

「いったいどうなっているんだ？」

「痛《いた》い！」

「みんな動くな！」

「ケイティーちゃん、どこ？　今行きますからね。あわてなくていいわよ」

「落ち着いて」ジョー・ピネリの声がこの喧騒《けんそう》を超《こ》えてひびきわたった。「どうか動かないでください。すぐに照明を直しますから」

ジェンは微動《びどう》だにしなかった。すねを強く打ちつけたり、だれかにぶつかったりしたくはない。ここにいるのは役者ばかりなんだから、みんなで演《えん》じればいいんだ。いや、ただ演じるだけではなく、大げさにやらなければいけない。こんな暗闇《くらやみ》なんてへっちゃらさ！　と。

まもなく、ぱっと照明《しょうめい》がもどった。みんなが喜《よろこ》ぶ中、ジョー・ピネリは不服《ふふく》そうだ。「まだ劇《げき》場《じょう》の準備《じゅんび》がととのっていないと申《もう》しあげたじゃないですか。この古い配線には負担《ふたん》が大きすぎるんです」

ジェンは顔をしかめた。

「どうしてそんな顔をするの？」ステイシーがきいた。

「生まれつきだよ」トミーがふざけて割《わ》りこんできた。

「ふうん、すごくおもしろいわね」ステイシーはトミーにひじ打ちを加《くわ》えながらやりかえした。

それから、答えを求《もと》めてジェンに向きなおった。

「劇場の配線についての、ジョー・ピネリさんの言葉よ。一カ月以上《いじょう》まえに配線はすべて取り替《か》えられたはずよ」

「ほんとうに？」ステイシーがきいた。

ジェンはうなずいた。「ピネリさんたちがビーおばさんにそう話していたもの。大々的《だいだいてき》な工事でお金もかかったって。電気はもうだいじょうぶなはずよ、ぜったいに」

トミーが身を乗り出し、聞こえよがしにささやいた。「アレイナ・シャインについてのうわさ話はほんとうだったりして！　アレイナの霊《れい》が照明《しょうめい》を消したんだ！」

「どうしてアレイナがそんなことを？」ステイシーがきいた。

トミーは肩《かた》をすくめた。「『森のオオカミ少女』の再演《さいえん》を望《のぞ》んでいないとか？　ある意味、このミュージカルがきっかけで、アレイナは命を落とすことになったんだから」

「それとも、自分を有名にしてくれた役を、別《べつ》の人が演《えん》じるのがいやなのかもしれない」ステイシーが考えながら言った。

「アレイナがほんとに死んだとは言いきれないじゃない」ジェンが指摘《してき》した。

「そこの三人！」ヘイグさんがどなった。「ステージからおりろ！　どかっとステージに居《い》すわられては、稽古《けいこ》ができないじゃないか。やることがないなら、さっさと出ていけ！」

ジェンは顔を真っ赤にしながら、あわててわきへどいた。舞台袖《ぶたいそで》に立っていたジークに、あやうくぶつかりそうになった。

ジークはジェンの肩《かた》をたたいた。「気にすることないよ。ヘイグさんはだれにでもどなるんだ。町の人たちの半分はヘイグさんを嫌《きら》っている。もちろん残《のこ》り半分の人は崇拝《すうはい》しているけどね。すばらしいミュージカルを演出《えんしゅつ》するもの。だから、気にするなよ」

「そうね」ジェンは急いでその場所からはなれた。うろうろしていてまたどなられたくはない。

それからの数時間、ジェンは舞台裏《ぶたいうら》でいそがしくすごした。小道具を用意したり、必要《ひつよう》な大道具のリストを作ったり、どの滑車《かっしゃ》がどの背景幕《はいけいまく》につながっているのかを把握《はあく》したりで、こっぴどく怒《おこ》られたことなど忘《わす》れてしまっていた。夕食の時間になると、みんな休憩《きゅうけい》を取ることにして、数人ずつに分かれて配達《はいたつ》されたピザをむさぼるように食べた。

「うまい!」トミーは口にピザを詰《つ》めこみ、もごもごさせながら言った。「まいこうだね。ものピザ」

ジークはもはや、トミーに食事時のマナーを教える気にもならなかった。食べることとなると、トミーは教わったことをすべて忘れてしまうのだ。とにかく食べ物を口に運び、おいしく食べることしか頭になくなる。ジーク自身もピザにかぶりつくと、思わずにんまりしてしまった。たしかにこのピザは最高《さいこう》だ。これだからこそ、トミーと親友でいられるのかもしれない。二人ともおいしいものが大好《だいす》きなのだ。

ジーク、ジェン、トミー、ステイシーの四人はステージの端《はし》で、ラリー・トムキンズといっしょに丸くなってすわっていた。ジークが誘《さそ》ったのだ。

「これまでのところ、どう思いますか？」ジークが質問《しつもん》をした。

ラリーはうなずいた。「みんなすごいよ。あのケイト・キズメって子、声がすばらしいね」

「ヘザー・エリオットもよ」とジェン。

「ヘザーはケイトの代役《だいやく》なんです」ペパロニ・ピザをもうひと切れ手に取りながら、ジークが説《せつ》明《めい》を加《くわ》えた。「だから公演初日《こうえんしょにち》にケイトがのどを痛《いた》めたり、足の骨《ほね》を折《お》ったりしないかぎり、ヘザーの出番はなし」

「ヘイグさんが配役をはりだしたときのヘザーの顔、見た？」ジェンが口をはさんだ。

ジークはうなずいた。「怒《いか》り狂《くる》ってた」

「すっごい顔してたわよね」とジェン。

「記者って楽しいですか？」ステイシーは話題を変《か》えて、ラリーにきいた。

にっこりするまえに、ラリーの表《ひょう》情《じょう》が一瞬《いっしゅん》ゆがんだのを、ジェンは見のがさなかった。それとも気のせい？

「楽しいさ」ラリーが答えた。まだ残《のこ》っている二枚《まい》のピザを見つめ、食べようか迷《まよ》っているようだ。「でもきびしい世界だよ。大スクープをつかめれば別《べつ》だけどね」

「わたしがねらっているのはそれよ」ステイシーはみんなに向かってそう言うと、声を落とした。「アレイナ・シャインになにが起きたのか、明らかにするの。この謎《なぞ》を解《と》いてみせるわ！」

ラリーがくすくす笑《わら》った。「それが解ければまさに大ニュースだよ。記事やインタビューがいくつも書けて、すごいお金になる。本を出版《しゅっぱん》する契約《けいやく》だってできるかもね。でも――」そこでまるで車を止めるかのように両手をあげた。「記者たちも、アレイナのファンたちも、この四十三年間、その謎を解き明かそうとしてきた。それでも手がかりひとつ見つけていない。警察《けいさつ》でさえもだ」

「警察がお手あげだからといって、ジェンとジークにも無理《むり》だとはかぎりません」ステイシーは挑戦的《ちょうせんてき》にあごをあげた。「二人はこれまでもたくさんの謎を解き明かしてきたんです。今回も手《て》伝《つだ》ってくれるわ」

「え、そうなの？」ジークがきいた。

ステイシーがムッとした顔をした。なにを言いたいのか気づいたジークは、さらにもうひと口、ピザを食べた。

「ま、がんばって」ラリーが皮肉《ひにく》っぽく言った。

「とにかく」ジェンが割《わ》りこんだ。「劇《げき》を気に入っていただけたようで、よかったです」

「イスにくぎづけだよ。一度も立ちあがらなかった」ラリーがうなずきながら言った。

「ほんとですか？　でも――」

ヘイグさんが手をたたき、みんなはあわてて立ちあがった。だれもどなられたくはない。とくにジェンはそうだ。ピザの空《あ》き箱と使い捨《す》てコップを集めると、ゴミ箱に捨て、仕事場へもどった。ラリーでさえ、じゃまにならないようにあわてて席《せき》へもどっていった。ジェンはくちびるをすぼめた。ラリーはほんとうにずっと席にすわっていたのだろうか？　だとしたら、意識《いしき》してさがしていたときに、姿《すがた》が見えなかったのはなぜ？

ジェンは肩《かた》をすくめると、ベニヤ板《いた》で作った木をならべて、森の場面を完成《かんせい》させることに意識を集中させた。ラリーの所在《しょざい》を毎秒気にしているひまなどない。やるべきことは山ほどあるのだ。

九時にもなると、みんなくたびれてきた。ケイトの立ち位置《いち》など、こまかいことで次々とヘイグさんに難癖《なんくせ》をつけていたキズメさんでさえ、すっかりおとなしくなり、観客席《かんきゃくせき》でラリーのとなりにすわっている。

「キズメさん、ケイトの特集《とくしゅう》を組むよう、ラリーさんを説《と》きふせてるんじゃないか」ジークがジェンにささやいた。

ジェンはうなずいた。もう返事をする元気もない。

「ではまたあしたの放課後《ほうかご》」とヘイグさん。「遅刻《ちこく》しないように」

劇場《げきじょう》はあっという間《ま》に人気《ひとけ》がなくなった。あとはジェンとジーク、そしてラリーが残《のこ》っているだけだ。ステージでは、照明《しょうめい》がひとつだけついている。

「まだなの？」ジークが文句《もんく》を言った。「最後《さいご》になっちゃったじゃないか」

「ごめん」とジェン。「でもあしたの稽古《けいこ》にそなえて、ちゃんと用意しておきたいのよ。これからの二週間半はやることが山ほどあるから」ジェンはぶつぶつ言った。「ピネリさんたちが言うとおりかもって気がしてきたわ。上演《じょうえん》をあまりにも急ぎすぎているんじゃないかな」

「ねえ、早くしようよ」ジークはいらいらして足踏《あしぶ》みをした。この古い劇場は、どこか気味が悪くてしかたがない。もっとも、そんなことはだれにも言えないけれど。みんながいなくなった今、照明《しょうめい》の消えたステージはものさびしげで、ますます気味が悪い。

「はい、おしまい」十分くらいしてジェンが言った。「おまたせ」

二人を連《つ》れて車に向かうラリーも、疲《つか》れきっているようだ。どうして疲れているんだろう。一日すわっていただけなのに。

「しまった！」シートベルトをしめようとしたときにジェンが叫《さけ》んだ。「メモを忘《わす》れてきちゃった。なくなったらたいへん」止められるまえに、ジェンは車からとび出し、劇場《げきじょう》の通用口へと急いだ。どこに置《お》いてきたのかはわかっている。でも今取りにいかないと、あしたまでにだれかが動かしてしまう。

ジェンは扉《とびら》を開くと、舞《ぶ》台裏《たいうら》へ向かった。照明がいくつか夜間もついているので、なにかにつまずくことはない。

スニーカーをはいているのに、がらんとした劇場に、足音が不《ぶ》気《き》味《み》にひびきわたる。ジェンは逃《に》げ出したい衝動《しょうどう》を必死《ひっし》におさえながら、メモをつかんだ。

とつぜん、なにか音が聞こえた。首すじの毛が逆立《さかだ》つのを感じた。幽霊《ゆうれい》のようなうめき声が劇場じゅうにこだましている！

第五章　殺人予告《さつじんよこく》

ジェンはびくっとしてとびあがりそうになったが、大きく深呼吸《しんこきゅう》をして気を落ち着けた。慎重《しんちょう》に、でも早足で、舞台裏《ぶたいうら》にあるテーブルや箱、衣装《いしょう》ラックのあいだをかきわけ、通用口へと向かう。

うめき声はまだつづいている。大きくなったり、小さくなったり、また大きくなったりと、まるで水がゆれ動くようだ。アレイナ・シャインの霊《れい》なんてことはないわよね。そんなことを考えてしまうと、思わず足が速くなる。そのとき、すねを道具箱にぶつけてしまった。痛《いた》さのあまり悲鳴をあげると、ズキズキするすねをさすり、出口に向かって片足《かたあし》でぴょんぴょんはねていく。

不気味《ぶきみ》な音は、徐々《じょじょ》に消えていった。重苦しい静寂《せいじゃく》が劇場《げきじょう》を支配《しはい》する。それは得体《えたい》の知れないうめき声よりもさらにこわかった。

足を踏《ふ》み出すたびに顔をゆがめながら、ジェンは最後《さいご》の数メートルを走って劇場からとび出した。車にたどり着くまで、一度も止まらなかった。

「どうしたの？」ジェンが車のドアをばたんと閉《し》めると、ジークがおどろいたようにきいた。

ジェンは深呼吸《しんこきゅう》をして、腫《は》れたすねをさすった。「な、なんでもない」と、あえぎながら答えた。劇場ではどうやら息を止めていたようだ。息をするのがとても気持ちよく感じる。「なにかにつまずいたみたい」

ラリーがバックミラーを通してジェンを見つめた。「ほんとうに？」

「はい」ジェンはきっぱりと言った。

ジークは助手席《じょしゅせき》にすわっていたが、ふりむいてジェンをじっと見た。ジェンはたしなめるような目でジークを見た。今はきかないで、とうったえる。もちろんそのテレパシーを受けたジークは、それ以上質問《いじょうしつもん》しなかった。なにが起きたのかはその後、ジェンの部屋《へや》で、二人きりになったときにきいた。

「それで、なにがあったの？」ジークは、ジェンが片《かた》づけようとしないトレーナーをポイとわきに放り投げ、ビーズクッションにすわりながらきいた。

ジェンは自分のベッドの端《はし》に腰《こし》かけ、体をふるわせた。「劇場《げきじょう》で、すごく気味の悪い音を聞いたのよ」

「ねずみがなにかをかじる音とか？」ジークが冗談《じょうだん》を言った。

「ちがうわよ。まじめに話してるのに。奇妙《きみょう》なうめき声というか、うなるような音だったの」

ジークはわずかに背《せ》すじをのばした。「幽霊《ゆうれい》のような？」

ジェンは片方の肩《かた》だけをすくめた。「わからない。幽霊の音なんて聞いたことないもの。でもなんだかわからないけど、とにかくぞっとしたわ」

「古い建物《たてもの》だから、すきま風でも入ってきたんじゃない？　まえにそう言ったじゃないか」

「でも今夜は風なんか吹《ふ》いていないわ」ジェンは窓《まど》から見える、波のない海面を指さした。

ジークは顔をしかめた。「そうだね」

「ねえ、アレイナ・シャインの霊じゃない？」

「幽霊は信《しん》じないんじゃなかったの？」とジーク。

ジェンは両手をあげた。「だって、ほかになにがある？　風じゃないし、ステージにはだれもいなかったし……」言葉がとぎれた。たしかに幽霊《ゆうれい》なんか信《しん》じていない。でもほかにはあの音を説明《せつめい》できないのだ。

ジークは立ちあがって、あくびをした。「もう寝《ね》るよ。ヘイグさんはほんときびしいや。じゃ、あしたね」

ジークが出ていったあと、ジェンはパジャマがわりの、大きめのむらさき色のTシャツに着がえた。ベッドにもぐりこむと、窓《まど》の外の真っ暗な空を見あげた。あの古いミスティック劇場《げきじょう》は呪《のろ》われているのだろうか。

その週は、学校あり、ホテルの手伝《てつだ》いあり、そしていつまでも終わらない稽古《けいこ》ありで、あっという間《ま》にすぎていった。ヘイグさんは、役者も裏方《うらかた》も毎晩遅《まいばんおそ》くまで残《のこ》らせたので、苦情《くじょう》を寄《よ》せる親も出てきた。それでもやはり、稽古は夜の九時や十時までつづいた。

次の週の月曜日になると、ようやく長時間におよぶ稽古の成果《せいか》があらわれはじめた。はじめての通し稽古が終わると、ヘイグさんがこう言ったのだ。「もう少しだ」それまではいつもみんなをどなりつけるばかりだったのに。

「ケイトが第三幕《まく》で使う鏡《かがみ》を見なかった？」休憩時間《きゅうけい》にジェンがステイシーにきいた。

「ユ〜レイが取っていったのかもよ」ステイシーは声をふるわせて言った。

ジェンはいやな顔をしてみせた。「あっそう」先週、おしゃべりジークが、ジェンが劇場《げきじょう》で幽霊《ゆうれい》の声を聞いたとみんなに言いふらしてからというもの、ジェンは友だちにからかわれるようになってしまった。

「どうでもいいけど」とジェン。「幽霊が鏡を持ってどうするの？　自分の姿《すがた》は見えないはずでしょ。それに、なくなったのはそれだけじゃないのよ。森のシーンで使う木が一本、先週の水曜日から見あたらないの。衣装《いしょう》も一着なくなってるし」

「どこかに置《お》き忘《わす》れたとか？」ステイシーがきいた。

「どうやって木を置き忘れたりするのよ？」ジェンは軽蔑《けいべつ》してききかえした。

ステイシーはにやりとして、肩《かた》をすくめた。

そのころ、ジークは観客席《かんきゃくせき》の後方で、ほかの男の子たち三人と歌の練習をしていた。ジョー・ピネリはその横のほうで、静《しず》かに作業《さぎょう》をしている。カーペットの端《はし》に金のモールを取りつけているのだ。アリス・ピネリは配役が掲示《けいじ》された日からずっと、風邪《かぜ》をこじらせて寝《ね》こんでいるのだという。

「今のはなかなかよかったよ」年長のトムが言った。「ジーク、もう少しヴィブラートを使ってごらん。声をふるわせる感じで」

ジークはうなずいた。これまできちんとした歌のレッスンを受けたことはない。でも自分よりも年長で、歌の経験《けいけん》のある人たちといっしょに練習すると、いろいろなことがわかってきた。

とつぜん、ステージからどなり声が聞こえてきた。

「いいえ、だまりません！」キズメさんが叫《さけ》んでいる。「ここにいてなにが悪いっていうんですか。うちの娘《むすめ》はこのミュージカルのスターなんですのよ！」

四人の男の子たちはそろってうめき声をあげた。

「また始まったよ」とトムが目をまわしてみせた。

「ぼくのおかあさんがあんなのじゃなくてよかった」別《べつ》の少年が言った。

「こんなひどい演出家《えんしゅつか》は見たことがないわ！」キズメさんが金切《かなき》り声《ごえ》をあげる。

「出ていけ！」ヘイグさんもどなりかえす。「二度と稽古《けいこ》にあらわれるな。出ていけ！」

「わたしのほうが、よっぽどうまく演出《えんしゅつ》してみせますわ！」

「わたしが生きているかぎり、そんなことはさせんぞ！」ヘイグさんは大声を出した。

「そうですか。それではしかるべき手を使うしかありませんわね」キズメさんは冷《つめ》たく言い放《はな》つと、物や人を押《お》し分け、最後《さいご》にはドアを思いきりバタンと閉《し》めて劇場《げきじょう》をあとにした。まるで建物《たてもの》全体が、その衝撃《しょうげき》でふるえたような感じさえした。

「すごい」舞台袖《ぶたいそで》で、ジェンとならんで立っていたステイシーがささやいた。「あれじゃ、まるで脅《おど》しじゃない」

「殺《ころ》すぞって脅迫《きょうはく》ね」ジェンも同じように考えていた。

ケイト・キズメが両手で顔をおおいながら、二人の横を通りすぎていった。

ジェンとステイシーは顔を見あわせた。「困《こま》りきってる感じね」ステイシーが小声で言った。

ジェンはうなずくと、ケイトのあとを追った。なぐさめてあげられないだろうか。怒《おこ》った声が舞台裏《うら》の端《はし》の、村の背景幕《はいけいまく》のうしろから聞こえてくる。ジェンはその幕の端からのぞいてみた。

ヘザー・エリオットがケイトと向きあって話をしている。足を広げ、手を腰《こし》に置《お》いている。

「言わなきゃだめよ」

ケイトは、声を詰《つ》まらせながら言った。「だめよ――まだだめ」

ヘザーは怒《おこ》ったように足を踏《ふ》み鳴らした。「だったら、わたしが言うわ」

「だめだってば！」ケイトがヘザーの腕《うで》をつかんだ。「やめて。自分のことは自分でやると言ったでしょ。ほっといてよ」

ヘザーは腕をふりほどくと、ケイトに体を寄《よ》せて言った。「いいかげん自分で言わないんなら、わたしが言うわ。そうなったら後悔《こうかい》するわよ。それだけじゃなく……」

ジェンは脅迫《きょうはく》の内容《ないよう》を聞き取ろうと、身を乗り出した。いったいなにをもめているのだろうか。おだやかなおしゃべりでないのはたしかだ。

とつぜん、ヘザーがジェンに気づいた。「なにをこそこそかぎまわってるの？」

「いいえ」とジェン。「そうじゃないんです。ケイトさん、だいじょうぶかな、と思って」

ヘザーはうすら笑《わら》いを浮《う》かべて、ケイトを見た。「ケイトならだいじょうぶよ。そう長くはつづかないだろうけどね」小さな声でつけ加《くわ》えると、歩き去った。

ジェンはヘザーのうしろ姿《すがた》を見送ってから、ケイトに近づいた。「だいじょうぶですか？」

「ええ、だいじょうぶよ」ケイトは目をこすりながら言った。

「ヘイグさんを呼《よ》んできましょうか？」

ケイトは手をあげてジェンを止めた。「だいじょうぶだから」なんとか声を出した。「心配しないで。でも今の話は、だれにもしないでね、いい？」

ジェンはくちびるをかんだ。どうしてヘザーに脅《おど》されていることをかくそうとするんだろう。

「約束《やくそく》して」ケイトが念《ねん》を押《お》した。

「わかりました」ジェンは答えた。でもそう答えることが正しいのかどうか、わからない。

ケイトはかすかにほほえんだ。「ありがとう」そう言うと、はなれていった。

自分の返事は正しかったのか、まだ悩《なや》みながら、ジェンはジークをさがして歩きだした。ジークになら、さっきの話の内容《ないよう》を聞かせることができる。

ヘイグさんは舞台《ぶたい》の端《はし》で立ち位置《いち》を指示《しじ》しているところだった。そのヘイグさんの頭上にあるなにかが目に留《と》まり、ジェンは天井《てんじょう》を見あげた。ちょっと気になっただけだったのだが、見たたん、恐怖《きょうふ》のあまり目がはなせなくなった。はるか上のキャットウォークにぶらさがっている重い照明《しょうめい》が、だれかに押されているようにゆれている。そして次の瞬間《しゅんかん》、まるでスローモーションを見ているかのようにスポットライトがはずれ、舞台に落下してきたのだ！

第六章　稽古《けいこ》のあとで

「あぶない！」ジェンは叫《さけ》び、突進《とっしん》した。

ヘイグさんはくるっとふりむき、ジェンが指さす方向を見あげ、とっさにとびのいた。照明《しょうめい》は舞台《ぶたい》の上に落ち、砕《くだ》け散《ち》った。ガラスや金属片《きんぞくへん》が散乱《さんらん》する。

しばらくはだれもがショックのあまり動けなかった。

最初《さいしょ》にわれに返ったのはヘイグさんだった。「あの人がわたしを殺《ころ》そうとしたんだ」はげしく怒《おこ》って叫んだ。「キズメがわたしを殺そうとした！」

ジークがジェンのわきに来た。「だいじょうぶだった？」

「わたしは平気」とジェン。まだちょっぴりふるえていた。

「今度は停電《ていでん》じゃなく、落電だね」トミーが割《わ》りこんできた。

ジェンはそのくだらない冗談《じょうだん》を無視《むし》することにした。「ほんとうにキズメさんがヘイグさんを殺《ころ》そうとしたのかしら？」

ジークはむずかしい顔をした。「どうやって？　脅《おど》したのは、ほんの少しまえのことだよ。しかも劇場《げきじょう》から出ていっちゃったし。こんな短時間でこそこそもどってきて、照明《しょうめい》に小細工《こざいく》するなんて無理《むり》だろう」

「でももし事前に計画していたら？」

「照明が落ちるように、ボルトかなにかをゆるめておくってこと？」ジークは首をふった。「それじゃ、あぶなすぎるよ。だって落ちてほしくないときに落下して、自分の娘《むすめ》を死なせてしまう可能性《かのうせい》だってあるんだから」

ジェンはキャットウォークを見あげた。だれもいない。事故《じこ》発生まえに人影《ひとかげ》を見たんだろうか、それとも照明がゆれていただけだったのか？　でなければ、幽霊《ゆうれい》のしわざ？

ジョー・ピネリはすでにこわれた照明を調べていた。ヘイグさんがそのまわりをどたどた歩いている。少しまえまではチョークのように真っ白だった顔が、今では怒《いか》りで赤くなっている。

「おぼえてろよ」とうなり声をあげる。「わたしを殺《ころ》そうとした罪《つみ》でうったえてやる！」

「たんなる事故《じこ》だと思いますよ」ジョーはガラスの破片《はへん》を片《かた》づけはじめた。「キャットウォークを担当《たんとう》した作業員《さぎょういん》がボルトをゆるめたまま、しっかりしめるのを忘《わす》れたのでしょう。キズメさんが扉《とびら》を思いきりバタンと閉《し》めた震動《しんどう》で、ますますゆるくなってしまったのかもしれません」

「ほーら、やっぱり」ヘイグさんが叫《さけ》んだ。「やっぱりキズメの責任《せきにん》だ。わたしを殺そうとしたんだ！」

「この劇場《げきじょう》自体が、上演《じょうえん》には早い、ということですよ」ジョーの口調《くちょう》がいくらかきびしくなった。「それに、七つある洗面所《せんめんじょ》は利用《りよう》できません。水道管《すいどうかん》から水がもれていて、修理《しゅうり》が必要《ひつよう》です。外の簡易《かんい》トイレを使ってください」

ヘイグさんが足を踏《ふ》み鳴らした。「なんだと？　室内のトイレが使えなくて、どうやって稽古《けいこ》をしろと言うんだ？　それでも劇場か？」

ジョーは目を細めて、ヘイグさんをにらみつけた。「それはあなたの問題でしょう」

ヘイグさんはあきれたように手をふった。「素人《しろうと》め！　素人ばっかりだ！　いったいわたしはどうすればいいんだ？」

もう今では、みんなヘイグさんの奇行《きこう》に慣《な》れていたので、落下事件《じけん》が起きるまえにおこなっていた仕事へもどっていった。

「言わせてもらうけど、これはかなり妙《みょう》な事件よね」ジェンがつぶやく。「キズメさんがヘイグさんを殺《ころ》してやると脅《おど》す。するとほんとうにヘイグさんがあぶない目にあった。それだけじゃないわ。ヘザーはケイトを脅している。しかもケイトはだれにも言わないようわたしに約束《やくそく》させた。ほんとうに奇妙《きみょう》なことがたてつづけに起こってる。どういうことなのか、解明《かいめい》しなくちゃ」

ジークもうなずいた。「でも気をつけなきゃね」と注意すると、ジェンはきびしい顔をしてうなずいた。ジェンが舞台裏《ぶたいうら》に行ってしまうと、ジークはジョーの元に近づき、そうじを手伝《てつだ》った。

「アリスさんの具合《ぐあい》はどうですか？」ジークはちりとりを持ちながら、ジョーにたずねた。

ジョーはせきばらいをして答えた。「ああ、だいじょうぶさ。ちょっと風邪《かぜ》ぎみなだけだよ」

ジークはなにも答えなかった。アリス・ピネリはもう一週間も〝風邪ぎみ〟だ。深刻《しんこく》な病気でなければいいけど。もしアリスになにかあったら、ビーおばさんはとても心配するだろう。

ジークはジョーを手伝って、ガラスの破片《はへん》や曲がった金属片《きんぞくへん》などが入った袋《ふくろ》を、建物《たてもの》わきのゴミ捨《す》て場へと運んだ。二人が劇場《げきじょう》にもどると、ラリー・トムキンズが近づいてきた。

「ピネリさん」ラリーはにこやかに話しかけてきた。「とんだ事故《じこ》でしたね」

「事故が起こることだってある」ジョーはこわばった表《ひょう》情《じょう》で答えた。

ジークは歩きつづけた。でもラリーの次の言葉で、足が止まった。

「アレイナ・シャインの事故もそうですか？」

「いったいなんのことだ？」ジョーがきつい口調《くちょう》でたずねる。

ジークは引きかえし、目立たないよう、陰《かげ》にかくれた。ジーク自身も、ラリーがいったいなにを言おうとしているのか、知りたい。

ラリーはくすりと笑《わら》うと、小さなテープレコーダーをジョーの顔のまえにつきつけた。「しらばっくれないでください。わかっているんですよ。アレイナが姿《すがた》を消したときに乗っていたのは、あなたのヨットでしたよね」

「他人のことに首をつっこむな」ジョーが脅《おど》すように言いかえした。「そのほうが身のためだ」

「それは脅迫《きょうはく》ですか？」ラリーがきいた。

「好《す》きに取るがいい」吐《は》き捨てるようにジョーが言った。そして歩き去っていった。

ラリーはそのうしろ姿《すがた》を見て、ニヤッと笑《わら》い、レコーダーを上着のポケットにしまった。

ジークは今耳にしたことが信《しん》じられなかった。アレイナ・シャインが嵐《あらし》にのみこまれたときに乗っていたのは、ジョーのヨットだったのだ。アレイナも、ヨットも、結局《けっきょく》見つかっていない。それがジョーのヨットだったなんて！　どういうことだろう。ジョーはアレイナの失踪《しっそう》になにか関係《かんけい》しているのだろうか？　アレイナの死にも？

舞台裏《ぶたいうら》でジェンをさがしながら、ジークは頭の中でいろいろと考えていた。ジェンに今の話を聞かせなきゃ。

ジェンは衣装《いしょう》に囲《かこ》まれていた。片手《かたて》には針《はり》と糸、もう一方の手にはマジックテープを持っている。ジークは身をかがめて、ヨットの一件《いっけん》を話した。ジェンは目を大きく見開いたが、そのあいだも作業《さぎょう》する手は止めなかった。

「すごい話ね」ジークが話しおわると、ジェンはそう言った。「かわいそうなピネリさん。長いあいだずっと、罪悪感《ざいあくかん》をいだきながら暮《く》らしてきたのね」

「かわいそう？」とジーク。「わざとかもしれないだろ。ヨットに穴《あな》を開けておいたとか」

ジェンはくちびるをかんだ。「わからないわ」ようやく口を開いた。「たしかにピネリさんはどこか秘密《ひみつ》めいたところがあるけど、殺人者《さつじんしゃ》には見えない」

「そうやって殺人者たちは罪《つみ》からのがれたりするのさ」ジークはなにやら不吉《ふきつ》な調子で言った。

「ふつう、殺人者らしくは見えないんだ。しかもこの場合は、ラリーさんを脅迫《きょうはく》したりもしてたんだから」

とそのとき、舞台《ぶたい》から大声が聞こえてきた。ヘイグさんの声がひびきわたる。

「犠牲者《ぎせいしゃ》その三、二秒以内《いない》に来い！」

ジークが青ざめた。「たいへん！　ぼくのことだ！」

ジェンがにやっとしてジークを見あげた。「あーあ。ヘイグさんは、犠牲者その三にお怒《いか》りみたいね。もしかして、死ぬのはお芝居《しばい》の中だけじゃないかもよ」

ジークは心配顔であわてて舞台に出ていった。ジェンは思わず笑《わら》ってしまった。ヘイグさんはたしかによくほえるけど、実際《じっさい》にかみつくことはない。

稽古《けいこ》は夜の十時十五分までつづき、ようやくヘイグさんがみんなを帰宅《きたく》させた。「今夜言われたことを忘《わす》れないように」脅《おど》すように言う。「初日《しょにち》まであと二週間もないんだぞ！」

ジークは帰り支度《じたく》を終えた。ビーおばさんがむかえに来なくてすむように、ラリーが車に乗せてくれることになっている。ジークはウィンドブレーカーのファスナーを閉《し》めたが、ジェンはまだ大きな背景幕《はいけいまく》を塗《ぬ》っていた。

「行くよ」ジークが声をかけた。「ラリーさんが待っている」

ジェンが顔をあげた。鼻にむらさき色のペンキをつけている。「まだ帰れないの。これを今夜じゅうに仕上げなきゃ。あしたまでにはかわくように」そして同じように塗る作業《さぎょう》をしているケイトをさした。「キズメさんが、トミーとわたしもいっしょに家まで送ってくれるって。だから心配しないで。もうちょっとで終わるし」

ジークは肩《かた》をすくめ、お先にと言って、駐車場《ちゅうしゃじょう》で待つラリーの元へ向かった。自分だったら、キズメさんと同じ車には乗りたくない。道中ずっとケイトの自慢《じまん》話を聞かされるのはごめんだ。

劇場《げきじょう》はあっという間《ま》に人気《ひとけ》がなくなった。残《のこ》っているのは背景を仕上げているジェン、ケイト、トミーだけだ。三人はひと言もしゃべらずに三十分作業をつづけた。トミーでさえ、口を開くことなく、真っ青な空に雲を描《えが》くことに集中していた。

ジェンはケイトが担当《たんとう》している部分に目をやった。ケイトは村にある家の花壇《かだん》を描いていた。花はまるでほんもののようだ。

「絵がすごくうまいんですね」ジェンが言った。

ケイトはにこっとほほえんだ。「ありがとう」

「絵を習っていたんですか？」

「いいえ。ただ、スケッチはたくさんしたわ。花の絵を描《か》くのがとくに好《す》きなの」

ジェンはなにかを言いかけた。でも急に耳慣《な》れない音が聞こえて、口をつぐんだ。ジェンは顔をあげた。音は真上から聞こえてくるようだ。ケイトとトミーにも聞こえている。

「あれはなに？」ケイトがきいた。不安そうにまわりを見まわす。

「波が砕《くだ》けるような音ですね」ジェンは顔をしかめ、首をかしげた。「でもそんなはずない」

とどろくような音がだれもいない劇場《げきじょう》にひびく。四方八方から聞こえるように思える。しばらくすると音はだんだん小さくなり、聞こえなくなった。死んだような静《しず》けさが劇場をおおった。

「今のはなんだったのかしら」ケイトがもう一度きいた。

「というか、今聞こえているこの音はなに？」トミーが押《お》し殺《ころ》した声できいた。

ジェンは鳥肌《とりはだ》が立った。波が押《お》し寄《よ》せてくるような音はもう聞こえない。でも別《べつ》の音が聞こえる。あの気味の悪いうめき声だ！

第七章　主役の転落

「あの音よ。先週わたしが聞いたのは」ジェンが言った。

「アレイナ・シャインの幽霊《ゆうれい》ってこと？」トミーが金切《かなき》り声《ごえ》をあげた。すぐに絵筆を集めはじめる。「もうこんなところにいられないよ！」

ケイトも立ちあがり、自分のまわりを片《かた》づけはじめた。「たしかに気味の悪い音ね」

「ちょうど絵も終わったし」ジェンが背景幕《はいけいまく》をながめながら言った。「このままにしておけば、かわくでしょう」

「さ、行こう」奇妙《きみょう》な音がだんだん高くなり、トミーがあわてて言った。

うしろをふりむきもせず、三人は劇場《げきじょう》からとび出した。外に出ると、風はなく、葉っぱ一枚《まい》ゆれていない。

「風でないことはたしかね」ジェンがつぶやいた。

「やっぱり幽霊《ゆうれい》だってこと?」トミーがそう言ったとき、キズメさんの車が見えた。

「ええ」ケイトは体をふるわせた。「アレイナ・シャインの声みたいだと思ったわ。アレイナの幽霊が歌ってるような感じ。でもおかあさんにはだまっていてね。ふるえあがっちゃうから」

キズメさんが車をとめると、三人はとび乗った。夜遅《おそ》くに、こんな不気味《ぶきみ》な劇場のまえでいつまでもだらだらしていたくはない。

「稽古《けいこ》はどうだった?」キズメさんが明るくきいた。「ヘイグさんも、わたしがいなくなったらさびしがってたんじゃない?」

トミーはなにか言いかけたが、ジェンが軽くけりを入れて、だまらせた。

「今夜はどうしてこんなに遅くなったの?」キズメさんがきいた。

「えーと」とケイト。「小道具を使いながら、オオカミ少女のシーンを、通しでやってみたかったの。ジェンとトミーが手伝《てつだ》ってくれたのよ」

ジェンは家に着くまで静《しず》かにすわっていた。もしケイトが母親に幽霊《ゆうれい》のことや、照明《しょうめい》が落下したことを伏《ふ》せておきたいのなら、わざわざ明かすのはよそう。でもどうして、背景幕《はいけいまく》を描《えが》いていたことまでだまっているんだろう？　まあ、ケイトがおかあさんにうそをつく理由なんて、わたしがとやかく言うことじゃないけど。トミーはジェンと目が合うと、肩《かた》をすくめた。同じことを考えていたらしい。

だまったまま家まで送ってもらうと、静まりかえったホテルの中を、足音を立てないように歩き、ベッドに入った。寝《ね》るときも、劇場《げきじょう》で耳にした奇妙《きみょう》なうめき声が、頭の中でひびいていた。

翌日《よくじつ》の放課後《ほうかご》、ジークは急いでホテルへ帰った。稽古《けいこ》のまえに、ビーおばさんの手伝《てつだ》いで、客室のそうじをすることになっていたのだ。今回の公演《こうえん》と、ふたたび注目を集めているアレイナ・シャインの悲劇《ひげき》を記事にするために、さらに四人の記者が到着《とうちゃく》していた。

部屋《へや》のそうじはジェンと自分の担当《たんとう》だが、今日はジェンを解放《かいほう》してあげた。劇場に行って、大道具の確認《かくにん》をするのだという。ジークはかなり文句《もんく》を言ったものの、実《じつ》はそうじは嫌《きら》いではない。それはジェンもわかっている。きれいに整頓《せいとん》されている状態《じょうたい》が好《す》きなのだ。だから自分の部屋もいつもきちんとしている。一方ジェンの部屋《へや》は、まるで竜巻《たつまき》が通りすぎたあとのようなありさまだ。そう考えて、ジークは思わずニヤッと笑《わら》った。部屋を見ただけでは、だれも二人が双子《ふたご》だとは思わないだろう！

一階の客室を終えると、簡単《かんたん》にふきそうじをしようと、小さな灯台記念館《とうだいきねんかん》に入った。記念館は灯台の一階部分を占《し》めていて、古い記念品や写真、書類《しょるい》などが展示《てんじ》されている。灯台と同じくらい歴史《れきし》のあるものだ。旧《きゅう》ミスティック村ができた当時のものもある。これらの展示を考えたのは、ジークとジェン自身だった。

「あっ、すみません」ジークはドアを押《お》し開けたところで、おどろいて声をあげた。「だれかいるとは思わなかったので」

ラリーが古い写真をならべた戸棚《とだな》からふりかえって、ジークにほほえんだ。「ちょっと見させてもらっているよ」

ジークはふきそうじを始めながら、ちらちらとラリーを見ていた。この記念館はひととおり調べおえているはずなのに、どうしてまたここに来ているのだろう。それほど過去《かこ》に興味《きょうみ》があるのだろうか。

会話もないまましばらくすると、ラリーはジークに手をふって記念館《きねんかん》を出ていった。ラリーのことがどうしても気になって、思わず顔をしかめた。そこでふと思いついて、ぞうきんを投げ捨《す》てると、一気にらせん階段《かいだん》をのぼり、三階の自分の部屋《へや》へと向かった。コンピュータの電源《でんげん》を入れ、インターネットにつなぐ。そして《ザ・ニューヨーク・タイムズ》オンライン版《ばん》で、ラリー・トムキンズが書いた記事を検索《けんさく》した。ところがトムキンズの署名記事《しょめいきじ》はひとつも見つからなかった。

もし《ザ・ニューヨーク・タイムズ》の記者ではないのなら、ほんとうはどこで働《はたら》いているんだろう？　二階の客室をそうじしにいこうと、ロビーを通りかかると、ラリーがカウンターのうしろで宿帳《やどちょう》をめくっていた。

「どうかしましたか？」ジークはわざとたずねた。

ラリーはにやっと笑《わら》った。「これまでどんな人がここに泊《と》まったのかな、と思って。記者魂《だましい》だね」

「記者魂ですか……」とジーク。「ところで、《ザ・ニューヨーク・タイムズ》でラリーさんの名前をさがしたんですが、見つからないんです。記事を読んでみたかったんですが」

「ちがうよ。《ザ・ニューヨーク・タイムズ》なんて言っていないよ。《ザ・ニューアーク・タウンズ》って言ったんだよ」ラリーがあわてて訂正《ていせい》した。「聞きまちがえたんだろ」

ラリーはつづけて言った。「もし劇場《げきじょう》まで乗っていきたいなら、あと三十分で行くつもりだけど」

「あ、お願《ねが》いします」とジーク。そうじを急いで終わらせないと、乗せてもらえなくなる。「それまでに用意します」ジークは階段《かいだん》をかけあがり、二階の部屋《へや》のそうじを終わらせた。《ザ・ニューアーク・タウンズ》か。聞いたこともない新聞だ。でも最初《さいしょ》に会ったとき、ラリーはたしかに《ザ・ニューヨーク・タイムズ》と言った。ジークの耳は抜群《ばつぐん》にいい。聞きまちがえることなど、ほとんどない。

いずれにしても、劇場まで車に乗せてもらうには、インターネットで裏《うら》づけを取っているひまはない。それからの三十分、ジークは掃《は》いたり、ふいたり、片《かた》づけたりで大いそがしだった。そのあいだも、頭の中では、せりふをくりかえしていた。ヘイグさんが二度と犠牲者《ぎせいしゃ》その三をどなりつけたりしませんように。

ジェンはステイシーの腕《うで》をひっつかんで、ミスティック劇場《げきじょう》へ向かって歩きだした。「いっしょに来て」とたのみこむ。

ステイシーのあざやかな青い目が大きくなった。「まさかこわいんじゃないでしょうね」

「こわいわけじゃないのよ」ジェンがあわてて答える。「でもあのうめき声のような音、ほんとに気味が悪いの。トミーとケイトにも聞こえたんだから、気のせいじゃないはずよ」

「もしそれがアレイナ・シャインの幽霊《ゆうれい》だったら」ステイシーは歩きながらじっと考えこんだ。

「わたしも聞いてみたい。もしかしたら、四十三年まえにいったいなにがあったのか、アレイナの幽霊が教えてくれるかもしれない」

「頭がおかしいんじゃない？」ジェンがにやりとしてみせた。「幽霊はこわいんじゃなかったっけ？」

「こわいわよ」ステイシーはすなおに認《みと》めた。「でも記事にするには最高《さいこう》の特《とく》ダネよ！」

「記事のためならなんでもするのね」ジェンがからかった。

劇場に着くと、ジェンは入るのに一瞬《いっしゅん》ためらった。びくびくしていると認めたくはないが、ドアの取《と》っ手《て》をつかむ手が恐怖《きょうふ》でぶるぶるふるえている。ばかみたい、と自分自身を叱《しか》りつけながら、ジェンはドアをぐいとひっぱると、しっかりとした足取りで中に入った。幽霊《ゆうれい》かなにかがいるからって、おじけづいたりするもんですか！　ジェンはずらりとならんだスイッチを操作《そうさ》し、照明《しょうめい》をつけた。スティシーもうしろからついてくる。背景幕《はいけいまく》が床《ゆか》に広げてあるはずだ。

「ええっ！」ジェンが悲鳴をあげた。ゆうべ、ケイトがていねいに描《えが》いてくれたきれいな花壇《かだん》のところが、べたべたに汚《よご》されていたのだ。

スティシーは息をのんだ。「なにがあったの？」

ジェンはかがみこんで、ぐちゃぐちゃにされた背景幕を指でさわってみた。「だれかが水をこぼしたのね。こんなひどいこと、だれがしたのかしら」

「壁《かべ》のそばにバケツがいくつもあるわよ」とスティシー。「犯人《はんにん》は水を運ぶのに、あのバケツを使ったのよ」

「でもどうして？」

「決まってるじゃない。このミュージカルの上演《じょうえん》が気に入らない人がいるのよ」

ジェンはくちびるをかんだ。たしかにスティシーの言うとおりだ。自分やジークをはじめ、役者や裏方《うらかた》が夢中《むちゅう》になっているからといって、すべての人が楽しみにしているわけではない。実際《じっさい》、ビーおばさんだって、『森のオオカミ少女』の再演《さいえん》はしてほしくないと言っていた。とはいえ、ビーおばさんは公演をやめさせるために、こんなことをしでかす人ではない。

ジェンとステイシーは背景幕《はいけいまく》をきれいにした。終わるころに、みんなが稽古《けいこ》にあらわれはじめた。ちょうどジークとラリーが到着《とうちゃく》したとき、キズメさんが劇場《げきじょう》へ早足で入ってきた。右手にポスターの束《たば》を持っている。

「みんな見てちょうだい！」得意《とくい》げに声をあげた。「『森のオオカミ少女』の古いポスターが地下にあったのよ。アレイナ・シャインの写真つきよ。今回の公演を宣伝《せんでん》するために、作り替《か》えたの」

ジェンとジークもキズメさんのまわりに寄《よ》っていった。白黒写真のアレイナ・シャインは、かわいらしくて、とても若《わか》く見える。ハリウッドに行ったあとの華《はな》やかなスターとは、まったく別人《べつじん》のようだ。作り替えたポスターには、〝再演〟の文字がトップにおどり、今回の公演の詳細《しょうさい》がいちばん下に印刷《いんさつ》されている。

「古い写真やなんかといっしょになってたのよ」キズメさんがつづける。「どう？　かんぺきでしょう？」

「キズメさん、劇場《げきじょう》には入れないんじゃなかったの？」ステイシーが小声でつぶやいた。ジェンもうなずいた。キズメさんはいつしのびこんだのだろうか。最近《さいきん》、ものがなくなっているのにも、関係《かんけい》があるのだろうか。いや、それではつじつまが合わない。自分の娘《むすめ》が主役を演《えん》じる公演を、妨害《ぼうがい》する理由などあるはずもない。でもこの人は許可《きょか》もないのに、このあたりをうろうろしていたわけだ。いったいなにをたくらんでいるのだろうか。

「出ていけ！」とつぜん、ヘイグさんがどなった。人を押《お》し分けてくる。「二度とこの劇場に足を踏《ふ》み入れるなと言っておいたはずだ！」

キズメさんは不機嫌《ふきげん》そうに言いかえした。「言わせていただきますけど、ここはあなたの劇場じゃありませんでしょ。わたしはみんなにポスターを見せにきただけですのよ。それに」赤いくちびるに、勝ちほこったような笑《え》みが浮《う》かんだ。「公演初日《しょにち》にスカウトのかたがたが三名、席《せき》の予約《よやく》をされたと、お伝《つた》えしたかったのです。それだけじゃありません。テレビ局の取材班《しゅざいはん》も来ることになっていますのよ」

ヘイグさんは出口を指さした。ふだんから乱《みだ》れている髪《かみ》が、今日はさらにぼさぼさに見える。

「出ていけ！」

キズメさんはポスターをかき集めると、むっとした顔でその場をあとにした。

ヘイグさんは、役者や裏方《うらかた》をにらみつけた。「スカウトが来るとは、うれしいよ。だれかの目に留《と》まって、ブロードウェイに連《つ》れていかれてみたいね。ほんものの役者たちを演出《えんしゅつ》できるんだから。ただぽかんとつっ立ってる素人《しろうと》たちじゃない、ほんものの役者をね。さっさと動け！」吐《は》き捨《す》てるように言った。

ジェンはジークを見て、片方《かたほう》のまゆをつりあげた。ヘイグさんはこのミスティックからはなれたがっている、と二人とも考えていた。公演が注目を浴《あ》び、自分が〝だれかの目に留まる〟よう、どんなことでもする気だろうか。

「あの古い写真、よかったと思わない？」ステイシーがジェンのわき腹《ばら》をつつきながら言った。「記事にのせられるような、昔のものがほかにないか、調べてこなきゃ」そう言うとふりむきもせず、はなれていった。

「ちょっと待って！」ジェンが呼《よ》び止めた。

そのとき、ステージの正面でとつぜん悲鳴が聞こえ、ジェンは気を取られた。つづいてなにかがころがり、ぶつかる音。そして痛《いた》みに泣《な》き叫ぶ声が聞こえてきた。

第八章　人ちがい

　また照明《しょうめい》が落下したのだろうか。今度はだれかが下敷《したじ》きになったのかも。そんな心配をしながら、ジェンは舞《ぶ》台《たい》の端《はし》の人だかりに向かった。舞台の下ではケイト・キズメが床《ゆか》にすわりこみ、足首をおさえている。涙《なみだ》がほおを伝《つた》っていた。

　ジェンは舞台からとびおりると、ケイトのとなりにかがみこんだ。「どうしたんですか？」

「足首をねんざしたみたい。舞台から落ちちゃって」

　ジェンは舞台を見あげた。一メートルはありそうだ。ヘザーが舞台の端から二人を見おろしていた。腕《うで》を組み、口元が少しゆるんでいる。

ジェンはおそろしいことを思い浮《う》かべてしまった。ケイトがいなくなれば、ヘザーが主役の座《ざ》につくことになる！　声を落としてきいた。「押《お》されたわけではないんですよね？」

ケイトは涙《なみだ》がいっぱいたまった目をぱちぱちさせながら、ジェンを見た。「え？　どういう意味？」ケイトは視線《しせん》をジェンからヘザーへと移《うつ》したが、あわてて目をそらした。

ジェンは顔をしかめた。ヘザーがケイトを舞台《ぶたい》から突《つ》き落としたのだろうか？　なにか理由があって、ケイトはそれをかくしているのだろうか？

ちょうどそのとき、ジョー・ピネリが氷の入った袋《ふくろ》を持ってかけつけた。ケイトはありがたそうにそれを受け取り、足首にあてた。ケイトの友だちが手を貸《か》してイスにすわらせた。キズメさんにむかえにきてくれるよう連絡《れんらく》をした、と言っているのが聞こえる。

ヘイグさんは手をパンパンとたたいて、仕切りなおした。そしてケイトの役をかわりにやるよう、ヘザーに指示《しじ》した。ヘザーはこの主役の座を、どのくらい強く望《のぞ》んでいたのだろうか、とジェンは考えた。仲間《なかま》を舞台から突き落とすほどだったのか。ねんざどころではすまなかったかもしれない。骨折《こっせつ》や、もっとひどいケガを負《お》っていたかもしれないのだ。実際《じっさい》、ヘザーはすでにケイトを一度脅《おど》しているではないか。

ヘイグさんは、みんながさっさと動かないと、どなりはじめた。大げさに頭をかかえたり、宙《ちゅう》をけりあげたりもしている。そのけりあげた足で、いつも持ちあるいている大きなトート・バッグをたおしてしまった。

ジェンはすぐにまえに出て、バッグからこぼれた中身を拾い集めてあげた。ほとんどが音楽CDだった。最近《さいきん》のラップもあったが、主《おも》に昔のミュージカルやオペラのものだった。

「拾わなくていい」ヘイグさんがぴしゃりと言い、ジェンがかかえていたCDをひったくった。「自分でやる。仕事にもどりなさい」

「どういたしまして」ジェンは舞台《ぶたい》への階段《かいだん》をのぼりながら、小声で言った。うしろをふりむくと、ヘイグさんはCDをすべてバッグに入れおえ、オオカミ少女に襲《おそ》われたときの声が小さいと、男の子に向かってどなっていた。かわいそうに。

ジークはそんなヘイグさんを見て、自分こそが最高の犠牲者《ぎせいしゃ》になってみせようと心に誓《ちか》った。拍手喝采《はくしゅかっさい》されてしまうかも。

それからの一時間、稽古《けいこ》はとどこおりなくおこなわれた。まもなくジークの出番だ。舞台の右《みぎ》袖《そで》で、登場のきっかけを待った。ジークはあたりを見まわした。トミーがキャンプファイアのシーンで使うにせもののたきぎをかかえてうしろを通ったので、手をふった。左手にはケイト・キズメが、むこうを向いて立っている。

ジークはケイトの肩《かた》をトントンとたたき、たずねた。「足首はだいじょうぶですか？」

ふりむくと、それはケイトではなかった。ヘザーがにっこりとほほえんだのだ。

「びっくりした」とジーク。「うしろ姿《すがた》がケイトさんそっくりだったんで。ごめんなさい」

「いいわよ」ヘザーが言う。もじゃもじゃのカツラを軽くたたき、ピンと立ったつけ耳をいじった。「オオカミ少女のカツラをかぶっているから、わからなかったんでしょう。今日はケイトのかわりに、わたしがオオカミ少女を演《えん》じることになったの」申《もう》し訳《わけ》なさそうな顔をした。「でもあしたにはケイトもよくなるはずよ」

ジークはうなずき、元の位置《いち》にもどって登場のきっかけを待った。ぶらぶらと出ていき、森の中でどんぐりを拾うという設定《せってい》だ。その直後にオオカミ少女に襲《おそ》われて死んでしまうのだ。思わず顔がにやけてしまった。血のりを使うのだが、観客席《かんきゃくせき》からはほんものに見えるはずだ。

きっかけを待ちながら、ヘザーをケイトとまちがえてしまったことを思い出していた。ヘザーは主役をねらっていた。ケイトを舞台《ぶたい》から突《つ》き落としてでも、主役を演じたかったんだろうか。

ヘザーには気をつけるよう、ケイトに警告《けいこく》するべきかも――

「犠牲者《ぎせいしゃ》その三！」ヘイグさんがどなった。「出番のきっかけをのがしたな！」

「しまった！」ジークは小さく叫《さけ》んだ。また失敗《しっぱい》してしまった。くよくよする間《ま》もなく舞台《ぶたい》へ出ていき、おぞましい死にざまを演《えん》じてみせた。


その夜、ヘイグさんははじめて稽古《けいこ》を早く終えた。ジェンとジークにとっては、たまった宿題を終わらせる、ありがたい時間ができた。二人とも居間《いま》にすわって、ジェンはマヤ文明についての課題《かだい》図書を読み、ジークは算数の問題を解《と》いた。ビーおばさんもいっしょにすわり、ウィルソン刑事《けいじ》にすすめられたミステリ小説《しょうせつ》を読んでいた。

ジークは鉛筆《えんぴつ》の端《はし》をかんだ。算数はあまり好《す》きではない。集中できず、どうも気が散《ち》る。宿題の問題用紙ではなく、部屋《へや》のすみにある本棚《ほんだな》に目が行ってしまう。真ん中の段《だん》には、お客さんも自由に読める本がならび、下の段にはゲーム類《るい》が乱雑《らんざつ》に積《つ》み重ねられている。上の段には自分たちの写真や、これまでホテルに宿泊《しゅくはく》した有名人のスナップ写真が飾《かざ》られている。

その中の白黒の写真がふと目に留《と》まった。背《せ》すじをのばしてよく見てみる。

「ビーおばさん」ジークは呼《よ》びかけた。「あれ、おばさん？」ジークは立ちあがり、額《がく》におさめられた写真を棚《たな》からおろした。

ジェンとビーおばさんが顔をあげた。

ビーおばさんはほほえんだ。「ええ、そうよ。十五歳《さい》のときの写真ね」

ジェンがのぞきこんだ。「アレイナ・シャインに似《に》てるね。キズメさんが昔のポスターを見せてくれたの」

ビーおばさんはうなずいた。「ちょっとは似ているかもね。ほかの女の子たちは髪《かみ》の毛にウェーブをかけたり、短くしたりしていたけど、わたしたちは長いままだったから。うしろ姿《すがた》はまるで双子《ふたご》だったわ」

「今も髪の毛は長いままね」ジェンは、ビーおばさんの長い白髪《しらが》まじりの髪の毛を見た。いつもの三つ編みが、今は片方《かたほう》の肩《かた》にかかっている。

「アレイナは今も髪の毛を長くしているのかな」ジークがひとりごとのように言った。

「アレイナの幽霊《ゆうれい》ってこと？」ジェンがきいた。

「もしアレイナがほんとうに死んでいて、あれがほんとうにアレイナの霊だとしたら、そうなるけど」とジーク。「でももしアレイナが生きていたら、まだ髪《かみ》の毛は長いままかな？」

ビーおばさんは肩《かた》をすくめた。「かもしれないわね。少なくともハリウッドにいたころは長かったわ。役柄《やくがら》で髪の毛を短くしなければいけなくても、こばんでいたから。かわりにカツラをかぶっていたわ」

ジークは写真を棚《たな》にもどした。そして体をのばし、あくびをした。「残《のこ》りは部屋《へや》でやるよ」そしてニヤッと笑《わら》った。「すぐ横にベッドもあるし」

ジェンも本を片《かた》づけた。「わたしは終わったわ」二人はいっしょに居間《いま》を出て灯台《とうだい》へ向かった。

翌朝《よくあさ》、ジェンは居間にかけこんだ。ゆうべ、ノートを一冊忘《さつわす》れたようだ。今日の授業《じゅぎょう》に持っていかないと、たいへんなことになる。ノートはゆうべすわっていたイスの下にあった。あたりをざっと見わたし、ほかに忘れ物がないか確認《かくにん》しながら、ふと本棚に目をやった。そして顔をしかめた。なにかがちがう。置《お》き場所がちがっているような……いや、なくなっている！ ビーおばさんの昔の写真が、あるべきところにないのだ。

「ビーおばさんの写真、どうしたの？」駐車場《ちゅうしゃじょう》へ急ぎながら、ジークにきいた。

「どうもしてないよ」とジーク。「元にもどしたのを見てたじゃないか」

「今はあそこにないのよ」ジェンが説明《せつめい》した。古いワゴン車に乗りこむときに、ビーおばさんにもきいてみた。

「あるに決まってるじゃない」とビーおばさん。「あんな古くさいもの、だれがほしがるの？　ジークがまちがって別《べつ》の棚《たな》にもどしちゃったんじゃないかしら」

「そうかもね」ジェンもそう思った。帰ったら、もう一度よく見てみよう。でも夜になり、稽古《けいこ》も終わって、ホテルの正面階段《かいだん》をよろよろとのぼるころには、とても古い写真をさがす気はなくなっていた。だが見つからないというのも気になる。どんなに疲《つか》れていても、今さがさなければ、夜のあいだずっと気になって眠《ねむ》れないだろう。

ジェンはジークを居間《いま》までひっぱっていった。「ほら、ないで――」

ジークがさえぎった。「ここにきちんとあるじゃないか」

ジェンはまばたきをした。たしかにある。「でも今朝《けさ》はぜったいなかったの。ほんとうよ」

ジークは顔をしかめた。ジェンの言葉は信《しん》じられる。だらしないところもあるけど、こまかいところまで見る目を持っている。だからこそ大道具の責任者《せきにんしゃ》がつとまるのだ。

ジェンは写真を手に取り、くわしく見てみた。「見て」ジークに写真をさしだした。「入れかたがゆがんでる。こんなじゃなかったわよね」

「たしかにちがうね」とジーク。「だれかが額《がく》から取り出して、もどすときに曲がっちゃったんだ」

「へんね」とジェン。「いったいだれが？」

「それにどうして？」ジークも言った。

第九章　捜《そう》　索《さく》

ジェンはいつも、目ざまし時計を六時にセットする。ところが木曜日の朝、部屋《へや》のドアをドンドンとたたく音でとつぜん起こされた。

「なんなの？」ジェンは不機嫌《ふきげん》に叫《さけ》んだ。眠《ねむ》い目をこすりながら時計を見る。まだ五時半だ。

ジークがドアを開けて入ってきた。ジェンはぴんと来た。なにかとんでもなく悪いことが起きたのだ。

「なんなの？」ジェンはもう一度きいた。このときには不安でのどがしめつけられそうになっていたし、目もすっかりさめていた。

「ステイシーが行方《ゆくえ》不明なんだ」とジーク。「ステイシーのおかあさんからたった今電話があって、ステイシーがひと晩《ばん》じゅう帰らなかったんだって」

「まさか！」ジェンはとび起きた。「じゃあどこにいるの？」

ジークはあきれて目をまわしてみせた。「今、言っただろう。行方不明なんだ。どこにもいないんだよ。どこにいるのかだれにもわからない！」

「警察《けいさつ》には連絡《れんらく》したの？」

ジークはうなずいた。「早く着がえて。ビーおばさんが、ぼくたちもいっしょにさがしてくれって」

ジークが部屋《へや》を出ると、ジェンは大急ぎで着がえをした。心臓《しんぞう》がバクバクして、口の中がカラカラにかわく。親友のステイシーが行方不明だなんて！

スニーカーをはいているときに、とつぜんひらめいた。幽霊《ゆうれい》だ。ステイシーはあの音の正体《しょうたい》を暴《あば》き、できるものなら幽霊にインタビューしたいと言っていた。あの幽霊劇場《げきじょう》で、なにかおそろしいことが起こったのではないか？

ジークの待つ台所へかけおりたときには、ステイシーは幽霊劇場にいる、と確信《かくしん》していた。

「行こう」ドアに向かって走りながら叫《さけ》んだ。「どこにいるかわかったわ」「見つかったらすぐに電話するのよ」ビーおばさんがうしろから叫んでいる。「わたしはステイシーのおかあさんのところに行っているから」

自転車にとび乗り、長い私道《しどう》を猛《もう》スピードでかけおりて、町へとつづく車道に向かいながら、ジェンはジークに自分の勘《かん》を話した。夜明けとはいえ、ようやくかすかなオレンジの光が、水平線からさしてきたばかりだった。

「そのとおりだといいけど」ジークが言った。

その後二人はだまって自転車をこぎつづけた。劇場《げきじょう》に着いたころにはすっかり息があがっていた。

ジェンは電子キーの番号を押《お》した。今回の公演《こうえん》のために、通用口の鍵《かぎ》を開く番号を知らされている。でも取《と》っ手《て》をにぎり、まわしても、ドアは開かない。

「どうしたの?」ジークがうしろできいた。

「番号をまちがえたみたい」ジェンは深呼吸《しんこきゅう》をして、番号を押しなおした。今度はカチッと音がして、電子キーが解除《かいじょ》された。「開いた。行くよ」ドアを大きく開けながら叫んだ。二人は劇場にかけこんだ。ジェンが照明《しょうめい》をつけたが、それでも中はまだ薄暗《うすぐら》い。

ジークがジェンの腕《うで》をつかんだ。「耳をすまして」とささやいた。「なにか聞こえる？」

ジェンはじっとして、首をかしげた。ジークはジェンよりもはるかに耳がいい。ジェンは首をふった。

「ぼくも聞こえない」とジーク。「もしステイシーがこの中に閉《と》じこめられているなら、大さわぎしているんじゃないかな」

ジェンは一瞬《いっしゅん》言葉が出なかった。「ど、どうしよう。ステイシーは意識《いしき》がないんだ！　幽霊《ゆうれい》になぐられたか、最悪《さいあく》――」あせるあまり、意味不明なことを言っているのはわかっていた。いつもなら、なにが起こっても落ち着いていられる。でも親友の命が危険《きけん》にさらされるなんて、はじめてのことなのだ。

二人は静《しず》かに舞台《ぶたい》を横切り、小道具や背景幕《はいけいまく》の裏《うら》をすべてさがした。ステイシーはいない。次に観客席《かんきゃくせき》の通路を端《はし》から端までくまなく歩いた。

「これを見て」ジェンが小さな声で呼《よ》んだ。ふんわりした茶色のカーディガンを持っている。そでやえりまわりのレース飾《かざ》りが上品だ。

「稽古《けいこ》のときにだれかが忘《わす》れていったんだろ」カーディガンをちらっと見てジークは言った。

ジェンが疑《うたが》わしげに首を横にふった。「そうじゃないわよ。子どもが着るようなものじゃないもの。古そうだし、衣装《いしょう》でもない。素材《そざい》はモヘアとシルクだって」ラベルのなにかが気になった。まばたきをしてもう一度見た。薄暗《うすぐら》いので、よく見えない。

ラベルを光のほうに向けてみて、おどろいた。「ジーク、イニシャルが刺繍《ししゅう》してある。A・Sって」

「それがどうしたの?」ジークはひざまずいて座席《ざせき》の下を見ながらきいた。

「A・S……アレイナ・シャインよ!」

ジークはあわてて頭を持ちあげ、座席の裏側《うらがわ》にぶつけてしまった。「いてっ! 見せて」片手《かたて》で頭をさすりながら、もう一方の手でカーディガンを受け取った。

じっくり見てから、ジークは言った。「アレイナ・シャインのもののはずないだろ? だれがこんなところに置《お》き忘れるの? 幽霊《ゆうれい》?」そう言うと、カーディガンを座席の上にかけておいた。

「わからない」ジェンはそわそわと答えた。「気にしないで。ステイシーをさがさなきゃ」

ひととおりさがしても、なんの手がかりも見つからないので、ジェンの胸《むな》さわぎは高まった。

「ステイシー！」思わず叫《さけ》んでしまった。「ステイシー、どこにいるの？」

「静《しず》かに」ジークがだまらせようとした。「幽霊《ゆうれい》を起こしちゃうじゃないか」

「でもステイシーを見つけなきゃ」

ジークはうなずいた。「そうだね。**ステイシー！**」ジェンよりも大きな声で叫んだ。だれもいない劇場《げきじょう》に、まるで大砲《たいほう》のようにジークの声がこだました。

にぶいドンという音が舞台《ぶたい》から聞こえてきた。二人は顔を見あわせた。ステイシーか、それとも幽霊か？

「ステイシー？」ジェンが呼《よ》びかけた。

もう一度ドンと音が返ってきた。

ジークが舞台への階段《かいだん》をかけのぼった。「この下から聞こえてくるよ」衣装《いしょう》やくつなどがいっぱい詰《つ》まった、重いトランクを指さして言う。「どけるから手伝《てつだ》って」

二人はそのトランクをずらした。舞台の床《ゆか》には引きあげ式の扉《とびら》の輪郭《りんかく》がかすかに見える。「見て！」ジェンがその扉を指さした。「役者が観客《かんきゃく》の目のまえで姿《すがた》を消すときに使うのよ。開けるのを手伝って！」

ドン、ドンという音はますます大きくなっている。すぐ真下から聞こえてくる。

ジェンが取《と》っ手《て》をつかみ、ぐいとひっぱった。ゆっくりと扉《とびら》が開いた。

「遅《おそ》かったわね」ステイシーがすきまから頭を出した。「来てくれないかと思った！」

ジェンは心からほっとして、はしごをのぼってくるステイシーをひっぱりあげ、ギュッと抱《だ》きしめた。ジークでさえ、ステイシーが見つかったうれしさで、思わず抱きしめた。

「いったいなにがあったの？」骨《ほね》を折《お》ったり、手足をなくしたり、ひねったり、ぶつけたりしていないか、ステイシーの体をたしかめて、ジェンがきいた。

「だいじょうぶよ」ステイシーが言いはった。「どこも痛《いた》くないわ。ゆうべ、幽霊《ゆうれい》の音を聞こうとここに来たの。なにも聞こえなかったんだけど、キズメさんが言っていた地下にある古い写真のことを思い出したの。ここに引きあげ式の扉があることは知っていたし、地下に行く方法《ほうほう》はこしか思いあたらなかった。でも舞台《ぶたい》の下をさがしていると、この扉がとつぜん閉《し》まったの。そしてなにかをこするような音が聞こえたのよ」

「トランクを扉の上まで押《お》してくる音ね」とジェン。

「ここから出ようとがんばったけど、無理《むり》だった。ひと晩《ばん》じゅう閉《と》じこめられてたの」ステイシ

ーは体をふるわせた。「電気をつけっぱなしにしてたから、それほどこわくはなかった。そうそう、それになくなっていた小道具を見つけたわ。ここのすみの、毛布《もうふ》の下にかくしてあった。いったいどうなっているの？」

ジェンが顔をしかめた。「わからない。でも幽霊《ゆうれい》のしわざでないのはたしかね」

「ビーおばさんとステイシーのおかあさんに電話しなきゃ」とジーク。みんなはまだステイシーのことを心配していると、思い出したのだ。

八時になるころには、劇場《げきじょう》にはステイシーの家族、警察《けいさつ》、ウィルソン刑事《けいじ》、ビーおばさん、そしてジョー・ピネリが集まっていた。

ステイシーのおかあさんのサリバンさんは、ジェンとジークをギュッと抱《だ》きしめた。「ありがとう。うちのちびちゃんを見つけてくれて」今にも涙《なみだ》がこぼれ落ちそうだ。

「もうちびちゃんじゃないわ」ステイシーが言いはった。

サリバンさんはきびしい表情《ひょうじょう》で、ステイシーに向かって言った。「あなたが無事《ぶじ》に見つかって、ほんとにうれしいけど、こんなふうに家を抜《ぬ》け出した罰《ばつ》はちゃんと受けてもらいますからね。一生外出禁止《きんし》よ、わかったわね！」

ジェンとジークは笑《わら》いをこらえた。ステイシーのことだから、きっとどうにかして、そんな罰《ばつ》は取り消させてしまうだろう。

「学校に行かなきゃ」腕《うで》時計を見て、ジークが言った。

「ちょっと待って」ジェンがささやいた。さっとその場をはなれ、A・Sというイニシャルが刺《し》繡《しゅう》されているカーディガンをさがしにいった。もう一度よく見てみたいと思ったのだが、カーディガンは見つからなかった。ざっとあたりを見まわしたが、結局《けっきょく》あきらめた。

みんなからのお礼やあいさつに見送られ、二人は劇場《げきじょう》を出て学校へと急いだ。その道中で、ジェンはカーディガンが見つからなかったことをジークに話した。

「おかしいね」ジークが考えながら言った。「あのわずかな時間で、いったいだれが持っていったんだろう」

「幽霊《ゆうれい》ではないわね」とジェン。「というか、幽霊なんかいないわよ。幽霊はトランクを引きずってきて扉《とびら》をふさぎ、ステイシーを舞台《ぶたい》下に閉《と》じこめることなんかできない。生きている人間が、なにかをたくらんでいるのよ。それがなんなのか、だれなのかを見つけださなくちゃ。ヘイグさんとケイトはあやうく大ケガをするところだったし、ステイシーはひと晩《ばん》じゅう閉じこめられたんだもの」

「次はもっとひどいことが起きるかもしれない」ジークがつけ加《くわ》えた。

「夜になると聞こえる、あの薄気味《うすきみ》悪い音の正体《しょうたい》さえつかめれば、謎《なぞ》は解《と》けるかもしれない」ミスティック小学校の自転車置《お》き場に自転車をとめながら、ジェンが言った。

ジークがうなずく。「今夜だ」まじめな口調《くちょう》で言う。「今夜劇場《げきじょう》にしのびこむ」

「スティシーのように閉《と》じこめられなければいいけど」


その夜、うっすらとした、幽霊《ゆうれい》のような雲が、真っ暗な夜空に浮《う》かんでいた。

「この古い劇場には幽霊はいない、ということがわかってて、よかった」劇場の近くまで来てジェンが言った。「今夜なんて、まさに幽霊が出そうな夜だもんね」

ジークはだまっていた。実在《じつざい》する人間がからんでいることはたしかだが、だからといって、幽霊がいないとも言いきれない！　でも今はそのことは言わないでおくことにした。

二人は角《かど》を曲がったところの草むらの中に自転車をかくした。それから、物音を立てずに劇場へと近づいた。通用口の鍵《かぎ》はまだ開いていた。ジークは音を立てたり、なにかにぶつけたりしないように、ゆっくりとドアを開けた。二人は中へしのびこんだ。劇場《げきじょう》の中は暗かったが、外とたいして変《か》わらなかった。

「なにも聞こえないけど」とジェンがささやいた。「聞こえる？」

「今はまだ」ジークが答えた。

ちょうどそのとき、女の人がひとり、劇場が無人《むじん》のときでも点灯《てんとう》しておく淡《あわ》い光の中にあらわれた。二人は凍《こお》りついた。その人は一歩まえに進むと、しばらく立ち止まり、まるで自分にしか聞こえないなにかを聞いているようだった。

「ビーおばさんに似《に》ているけど」ジークがどうにか聞き取れるくらいの声で言った。たしかに似ている、とジェンは思った。そのとたん、思わず口走ってしまった。「ビーおばさん？」

ジークがジェンの腕《うで》をつかんだ。その女の人はびくっとすると、暗闇《くらやみ》に姿《すがた》を消した。それとは別《べつ》の足音が、観客席《かんきゃくせき》の中央通路のあたりから聞こえてきた。

「逃《に》げろ！」ジークはあえぎながら言った。

第十章　同じ声だ！

ジェンはくるっとふりむき、追いかけてくる人物をちらっと見た。そしてジークにつづいて舞《ぶ》台裏《たいうら》へ向かった。二人は通用口までたどり着くと、外へ走り出た。全速力で道路を横切り、草むらにとびこむ。

二人を追いかけてきた人は、通用口を出て立ち止まった。あたりを見まわし、そのまま中へもどっていった。ドアをしっかりと閉《し》めている。

「あぶなかった」とジーク。まだ心臓《しんぞう》が高鳴っている。暗闇《くらやみ》の中でジェンをにらみつけた。「どうして声をかけたの？　もしビーおばさんだったら、たいへんなことになっていただろ。ステイシーの事件《じけん》があったばかりなのに」

「ごめん」とジェン。「あんなところにおばさんがいるなんて、びっくりしちゃったんだもの」

「あの女の人がビーおばさんのはずないじゃないか」ジークが言った。

「そうよね」ジェンも認《みと》めた。「おばさんだったら逃《に》げたりしないものね。でもだれだったのかしら？」

「それに追いかけてきた人は？」

「それはわかったわ」ジェンがすばやく答えた。「ウィルソン刑事《けいじ》よ。あぶなかったよね。わたしたちだと気づいてなければいいけど。もしそうなら、ビーおばさんに告《つ》げ口されて、とんでもないことになる！」

「さ、行こう」ジークは草むらから這《は》い出た。「帰ろう。ひと晩《ばん》にはじゅうぶんすぎるくらいドキドキしたよ」

「そうね」ジェンも賛成《さんせい》した。「あしたの夜、また来ればいいもの」

「冗談《じょうだん》じゃないよ！」ジークが言った。

次の日の授業中《じゅぎょう》は目を開けているのもひと苦労《くろう》だった。さいわい、稽古中《けいこ》はヘイグさんのおかげで緊張《きんちょう》していて、眠《ねむ》るどころではなかった。そんな状況《じょうきょう》にもかかわらず、ジェンは稽古後、もう一度ミスティック劇場《げきじょう》にしのびこもうと、まだジークを説得《せっとく》しようとしていた。

「やめておこうよ」ジークが反対《はんたい》する。「ビーおばさんが言ってたじゃないか。ウィルソン刑事《けいじ》はステイシーの一件《いっけん》があってから、劇場の警備《けいび》をすることになったって。ウィルソン刑事に見つからずにしのびこむなんて、できないさ」

「つかまらないわよ」とジェン。「あの薄気味《うすきみ》悪い音の正体《しょうたい》をまだつかんでいないのよ。今ここであきらめてしまうと、『森のオオカミ少女』の稽古が始まって以来《いらい》、たてつづけに起きている事件の真相を、闇《やみ》にほうむることになってしまう」

「ビーおばさんは？」

「どこかに出かけたわ。あしたの朝ねって言ってた」

ジークの負けだ。「わかったよ」ようやく心を決めた。「でももし今夜もなにも聞こえなかったら、あきらめる。いいね？　ほかの方法《ほうほう》で真相を突《つ》き止めるんだ」

ジェンはうなずいた。今ならなんにだって首をたてにふる。とにかくジークをこのホテルから連《つ》れ出して、劇場《げきじょう》に向かわなければ。しばらくたったころ、二人はふたたび、劇場の通用口からしのびこんでいた。今度は、ウィルソン刑事《けいじ》がいることは承知《しょうち》している。たしかに、舞台《ぶたい》にいちばん近い一列目の観客席《かんきゃくせき》にすわっていた。携帯式《けいたいしき》のブック・ライトをつけて、本を広げている。

「読んでるの？」ジェンがジークの耳元でささやいた。

ジークは肩《かた》をすくめた。

「なにか聞こえる？」ジェンがきいた。

まるでそれが合図になったかのように、不気味《ぶきみ》なうめき声が聞こえてきた。これまでジェンが耳にした二回よりも音が大きい。大きくて、気持ちが悪い。幽霊《ゆうれい》じゃないはず、とジェンは自分に言い聞かせた。幽霊じゃないってば！

「ウィルソン刑事を見て」ジークがささやいた。

「刑事がどうかしたの？」ジェンがきいた。どこも変《か》わったところは見受けられない。

「刑事にはこの音が聞こえないのかな」

そう言われてみればそうだ。ウィルソン刑事はこのうめき声に、なんの反応《はんのう》もしていない。まるで聞こえていないようだ。でも、ウィルソン刑事が耳が悪いなんて聞いたこともなければ、補《ほ》聴器《ちょうき》をつけているところを見たこともない。

それ以上《いじょう》考えているひまはなかった。ジークはジェンの手をつかみ、音のするほうへと向かった。さいわい、ウィルソン刑事《けいじ》がいる方向とは逆《ぎゃく》だった。二人は観客席《かんきゃくせき》のいちばんうしろに着くと、立ち止まって耳をすました。

「上から聞こえてくるみたいだ」とジーク。

「こっちよ」今度はジェンが先頭に立って、ロビーを通り、バルコニー席へとつながる階段《かいだん》をのぼった。〝関係者以外《かんけいしゃいがい》立ち入り禁止《きんし》〟と書かれたドアを開けると、階段が三階までつづいている。どうやら音は三階から聞こえてくるようだ。

音を立てないように、二人はてっぺんまでのぼった。ジェンは小型《こがた》テープレコーダーを取り出し、スイッチを入れた。そしてろうそくを持つように、そのテープレコーダーをまえにかかげた。

階段をのぼりきると二人は立ち止まった。あまりにも暗くて、ジェンにはジークの姿《すがた》もほとんど見えない。だが、なにを考えているのかはわかる。あの聞き慣《な》れない、不気味《ぶきみ》な音は、うめき声などではない。歌声だったのだ！

音に近づいている。ジェンはささやき声すら出せず、口だけを動かした。「音の出どころを、たしかめよう」

ジークはわかった、とうなずいた。

二人は音を立てずに進んだ。右側《みぎがわ》のいちばん手前の扉《とびら》は少しだけ開いていた。ジェンが中をのぞく。窓《まど》から入りこむ街灯《がいとう》の光のもとで見わたすと、どうやら練習室のようだ。アップライト・ピアノが壁《かべ》ぎわに置《お》いてあり、中央には譜面台《ふめんだい》が設置《せっち》されている。だれもいない。そのとなりのドアも開いていた。せまいトイレで、やはりだれもいなかった。

歌声は近い。あと数歩で……。そのとき、ジークが暗闇《くらやみ》にかくれていたなにかを、けとばしてしまった。歌声がとつぜん止まった。

ウィルソン刑事《けいじ》が走ってくるだろう。前回のことを思い出しながら、二人は二階まで階段《かいだん》をかけおりた。そしてウィルソン刑事がロビーの階段をかけあがる音をたしかめて、別《べつ》の階段から一階へおりた。

うしろをふりかえることなく、二人は観客席《かんきゃくせき》わきの通路を走り、舞台《ぶたい》にのぼり、通用口へと向かった。自転車のところまで、とにかく走りつづけた。自転車にとび乗る。それでもスピードは落とさない。暗い通りを必死《ひっし》にペダルを踏《ふ》み、街中《まちなか》を抜《ぬ》けてホテルへ向かう。ホテルはミスティック湾《わん》を見おろす崖《がけ》の上で、ちらちらとかがやいている。

「あぶなかったー」長い私道《しどう》を必死《ひっし》にのぼりながら、ジークが息もたえだえに言った。

「ほんとうね。でもあの歌声をテープに取れたから！」ジェンが言った。その瞬間《しゅんかん》、うしろに明かりが見え、ふりむいた。あの左右で明るさのちがうヘッドライトは、ビーおばさんの古いワゴン車だ。

「どうしよう」ジェンは叫《さけ》んだ。「ビーおばさんが帰ってきた！」

ビーおばさんに見られるまえにホテルの中に入らないと、やっかいなことになるのはわかっている。

「急ごう」ジークはあえぎながら言い、これまでにないほど必死にペダルを踏《ふ》んだ。脚《あし》が燃《も》えるように熱《あつ》い。

ジェンはジークのうしろで、ハーハーと息を切らしてがんばった。二人は急な私道をのぼりきり、自転車置《お》き場へと急いだ。急ブレーキをかけて止まり、とびおりると、急いで裏《うら》へまわり、勝手《かって》口《ぐち》から台所に入った。

ジークはあえぎながらも笑《わら》っていた。「またしても間一髪《かんいっぱつ》だね！」

ジェンも神経質《しんけいしつ》に、クスクス笑《わら》い声をもらした。冒険《ぼうけん》も悪くないけど、なにごともなく家に帰ることができた喜《よろこ》びも捨《す》てたものじゃない。

「二人とも、こんばんは」うしろで声がした。

二人はくるっとふりかえった。

ラリーがにこっとほほえんだ。「なにをしていたんだい？」

「えーと」とジェン。「庭を走ってたんです。まだ力がありあまっていたので、寝《ね》るまえにちょっと体を動かそうかと思って」

ラリーはわざとらしく時計を見た。「なるほどね」どうやら信《しん》じてもらえていないらしい。

ちょうどそのとき、ビーおばさんが台所に入ってきた。「あらまあ」とおどろいている。「起きている人がいるとは思わなかったわ」

「お茶でもいただこうかと思いまして」とラリーがすばやく答えた。「ご自由に、と言われていたので」

「もちろんです」ビーおばさんは両手をあげながら言った。「お手《て》伝《つだ》いしましょうか？」

「いえいえ」ラリーは双子《ふたご》のほうを見た。「二人が手伝ってくれているのでだいじょうぶです」

ジークは感謝《かんしゃ》の気持ちをこめて、ラリーにほほえみかけた。でも借《か》りを作ってしまったかと思うと、気に入らない。どうしてなのかは自分でもわからなかった。

「ではわたしは休ませてもらいますね」と、ビーおばさんはあくびをした。

「わたしも、お茶が入ったことだし」ラリーがマグカップを手に、ビーおばさんにつづいて台所を出た。「二人とも、おやすみ」肩《かた》ごしにそう言った。

ジェンとジークは二人の足音が聞こえなくなると、ほっと安堵《あんど》のため息をついた。ジェンは、劇場《げきじょう》から逃《に》げるときにポケットにつっこんだテープレコーダーを取り出した。巻《ま》きもどしのボタンを押《お》し、二人とも無言《むごん》で、ウィーンという音を聞いていた。テープが巻きもどると、ジェンが再生《さいせい》ボタンを押した。

最初《さいしょ》はあの不気味《ぶきみ》な歌声も、こもって聞こえた。ジェンたちが以前《いぜん》聞いた、うめき声と同じような音だ。だが二人が音源《おんげん》に近づくにつれて、声がどんどんはっきりしてくる。とても静《しず》かな音で、バイオリンとフルートが伴奏《ばんそう》しているのも聞こえる。

ジークは首をかしげ、熱心《ねっしん》に聞いていた。「ねえ」ゆっくりと話しだす。「この声、聞きおぼえがあるんだけど」

「ちょっと待ってて。すぐもどるから」ジークは台所からとび出すと、数分後にもどってきた。CDプレーヤーをかかえている。コンセントをさしこみ、ニヤッとした。「これを聞いて」

小さなスピーカーから流れてくる曲を聞いたとき、ジェンは自分の耳を疑《うたが》った。同じ声だ。それだけではない。声の持ち主《ぬし》もわかってしまったのだ！

「そう？」

第十一章　次はなに？

「信《しん》じられない」ジェンは声をあげた。「このCD、アレイナ・シャイン本人が、昔歌ったときの録音《ろくおん》でしょ？」

ジークが誇《ほこ》らしげにうなずいた。「だれかが、なにかの目的《もくてき》で、アレイナの古い曲を劇場《げきじょう》で流していたんだ」

「ミスティック劇場は呪《のろ》われていると思わせたかったんじゃない？」ジェンは言ってみた。

「だったらなぜ、あまり聞こえない三階でかけていたんだろう。舞台《ぶたい》からでは、幽霊《ゆうれい》のうめき声にしか聞こえないよ」

「そうよね」とジェン。「この場所がアレイナ・シャインの霊《れい》にとりつかれていることを世間《せけん》に知らせたいなら、もっとわかりやすくするはずね」

ジークは頭をかたむけて、曲を聞いていた。「人をこわがらせて遠ざけるためかな？」

「逆《ぎゃく》に、この公演《こうえん》にもっと興味《きょうみ》を持ってもらうためかもよ。公演に人が集まれば集まるほど、ピネリさんにはお金が入るわ」ジェンは指摘《してき》したが、すぐに顔をしかめた。「だけど、ピネリさんたちはこの公演をいやがってる。やっぱり、人をこわがらせて寄《よ》せつけないようにしているのかな」

「キズメさんかヘイグさんかも」考えながらジークが言った。「この再演《さいえん》が盛《も》りあがるほどいいからね。もし劇場《げきじょう》に幽霊《ゆうれい》がいるなんてことになると、注目を浴《あ》びる。スカウトやマスコミが殺到《さっとう》するだろう。それともケイトは？　ケイトは主役を演《えん》じるのが、あんまりうれしくないみたいだ。だから人を遠ざけようとしているのかもしれない」

ジェンは肩《かた》をすくめた。「どれも、どうして曲をだれにも聞こえない三階で流すのかの答えにはなっていないわ。だって――」

ジークはジェンをさえぎって、自分のくちびるに指をあてた。「聞こえた？」と小声できく。

ジェンは首をふった。聞こえるのは、スピーカーからかすかに流れるアレイナ・シャインの声だけだ。

ジークは足をしのばせて台所のドアまで行き、顔を突《つ》き出し、ロビーを見わたした。ジェンも静《しず》かに、そのうしろからつづいた。二人はこっそりとロビーに入りこみ、ジークが居間《いま》をのぞいた。

「なーんだ」いつもの声にもどっている。「ウーファーとスリンキーか。なんか音が聞こえた気がして」

謎《なぞ》は解《と》けたので、二人は台所にもどり、CDを止めた。

「ねえ」とジェンが考えながら声をかけた。「最近《さいきん》どこかでアレイナ・シャインのCDを見かけた気がするの」そう言いながら顔をしかめた。「いつ、どこでだったかさえ思い出せれば」

「あしたは劇場《げきじょう》の三階を調べてみよう。なにか手がかりが見つかるかもしれない」とジーク。

二人は食堂《しょくどう》を通りぬけ、灯台《とうだい》の階段《かいだん》をのぼった。ジークはジェンの部屋《へや》のまえで「おやすみ」と言うと、らせん階段をもう一周《しゅう》のぼって自分の部屋へと向かった。電気もつけずにパジャマに着がえ、ベッドにもぐりこんだ。目をつぶった瞬間《しゅんかん》に、CDプレーヤーとテープレコーダーを台所に置《お》き忘《わす》れたことに気づいた。朝までそのままでもいいかと思いかけたが、テープがなくなったら困《こま》る。なにしろ証拠《しょうこ》になるのだから。

そこで急いで台所にもどり、CDプレーヤーをつかむと、テープレコーダーをさがした。黒い小型《こがた》のカセットレコーダーは、どこにも見つからない。テーブルの下や、イスの上をさがしたが、結局《けっきょく》、きっとジェンが部屋《へや》にもどるときに持ち帰ったのだろう、と思うことにした。

三分後、ジークはベッドにもどった。すっかり疲《つか》れきっていたので、あっという間《ま》に眠《ねむ》りについた。

翌朝《よくあさ》、ジークが台所におりていくと、ジェンも来たところだった。ビーおばさんがコンロでベーコン・エッグを作っており、オーブンの中ではブルーベリー・スコーンが焼《や》けている。よだれが出そうになった。

ジークはジェンの横にすわり、低《ひく》い声で言った。「あのテープ、なくさないように」

ジェンは片方《かたほう》のまゆ毛をつりあげて、ジークを見た。「なんのテープ？」

ジークは目をまわしてみせた。「ゆうべのだよ」

「持ってないわよ」ジェンがゆっくりと答えた。「ジークじゃないの？」

ジークは急いでゆうべのことを話した。あのあと、さがしにもどったけど、そのときにはすでにテープレコーダーはなかった、と。

ジェンはがっくりした。あのテープがなければ、不気味《ぶきみ》な音は実《じつ》はアレイナ・シャインの歌声だと証明《しょうめい》できない。どうにかしてテープを取りもどさなくては。

「ビーおばさん」ジークがいつもの口調《くちょう》で話しかけた。「今朝《けさ》ここで、ジェンの小さなテープレコーダーを見なかった？」

ビーおばさんは大きなお皿を手にふりかえった。「いいえ。ないの？」そう言うと、お皿をテーブルの上に置《お》き、オーブンを開けてほかほかのスコーンを取り出した。「お客さんたちにきいてみましょうか？」

ジェンとジークは顔を見あわせた。

「いいよ」ジークがすぐさま答えた。「今に出てくるさ、きっと」

食事が終わると、稽古《けいこ》に行く時間になっていた。ジェンがジークに小声で言った。「だれかが持っていったのよ。ここから勝手に歩いていっちゃうわけないんだから」

「記者のだれかが拾ったのかも。自分のだと思って」ジークが言う。

「あんな真夜中に？」ジェンは疑《うたが》わしそうにききかえした。

ジークは肩《かた》をすくめた。「ほかになにか考えられる？」

「じゃあ、会ったときにきいてみましょ」

ジークはうなずいた。ラリーが二人を車で送るためにロビーにあらわれると、ジークはさっそく、まちがってジェンのレコーダーを持っていっていないかきいた。

ラリーは首をふった。「台所に置《お》き忘《わす》れたの？　床《ゆか》に落ちたりしていなかった？」

「それはないです」ジェンは玄関《げんかん》を出て、ラリーの車に向かいながら答えた。

「気をつけておくことにするよ」とラリーは言ってくれた。「会った人にもきいておこう」

稽古《けいこ》が始まるといそがしくて、ジークはテープレコーダーの一件《いっけん》をすっかり忘《わす》れていた。数時間の歌の練習が終わり、どうして死にかたがそんなにうまいのかとほかの犠牲者《ぎせいしゃ》役の子どもたちからきかれたので、痛《いた》みでもがき苦しむ演技指導《えんぎしどう》をしてあげた。

舞台裏《ぶたいうら》では、ヘザーがまたオオカミ少女のカツラをかぶって立っていた。名前を呼《よ》んだが、聞こえていないみたいだ。「ヘザーさん！」大声を出してみた。今度はふりむいてくれたが、ヘザーではなかった。

「あ、ケイトさん」とジーク。「松葉杖《まつばづえ》をしていないので、ヘザーさんかと思った」気まずい笑《え》みを浮《う》かべた。「まちがえてすみません」

ケイトは軽くほほえんだ。「気にしないで」そう言うとゆっくりと、足を引きずりながら歩いていった。

ジークは不審《ふしん》に思って目を細めた。さっきまでも、あのように足を引きずっていただろうか？はっきりしないが、引きずっていなかった気がする。でも松葉杖を使っていなかったのでヘザーだと思いこみ、それで気づかなかったのかもしれない。どうでもいいか。考えなければいけないことはほかにも山ほどある。しかも今、まただれかがジークに向かってどなっている。

「犠牲者《ぎせいしゃ》その三！」ヘイグさんの大声がひびきわたる。「またきっかけを見落としたな！」

ジークはうめきながら舞台《ぶたい》へかけだした。もしかしたら自分は犠牲者役に向いていないのかもしれない。

日曜日の朝になっても、まだテープレコーダーは見つからなかった。宿泊《しゅくはく》している記者たちにも、ほかのお客さんたちにもきいてみたが、むだだった。

ジェンはため息をつきながら、《ミスティック・ヴィレッジ・ビーコン》紙の日曜版《ばん》を開いた。ふとある記事が目に留《と》まった。ざっと目を通し、「ちょっと聞いて」とジークに言った。そして声に出して読みはじめた。「町で話題沸騰《ふっとう》のミュージカルの再演《さいえん》――ご承知《しょうち》のとおり、『森のオオカミ少女』が由緒《ゆいしょ》正しいミスティック劇場《げきじょう》で金曜日から上演される。アレイナ・シャインが名声、富《とみ》、そして悲劇《ひげき》へ向かって歩みだしてから、ちょうど五十年の記念《きねん》すべき日だ」そこからはアレイナの幼少期《ようしょうき》の話や謎《なぞ》の多い失踪《しっそう》時のことがくわしく書かれていた。

「ここからがおもしろいところよ」とジェン。「町の外からも、おおぜいの記者が取材《しゅざい》におとずれている。アレイナ・シャインの話題が全国規模《きぼ》で再燃《さいねん》しているせいばかりではない。ミスティック劇場が呪《のろ》われているといううわさがあるのだ。アレイナ・シャインの霊《れい》がとりついていると言う人もいる。『あの劇場にはまちがいなく、なにかがとりついています』演劇評論家《えんげきひょうろんか》のラリー・トムキンズが言う。『また、公演初日《しょにち》にはアレイナ・シャインとこの幽霊《ゆうれい》劇場について、おどろくべきお知らせがあります！』その詳細《しょうさい》をたずねると、トムキンズ氏《し》はどこか秘密《ひみつ》めいた笑顔《えがお》を見せ、こう言った。『とりついているのははたして幽霊なのかどうか、とだけお答えしておきましょう』そしてそれ以上《いじょう》の話はしてくれなかった。公演初日《こうえんしょにち》が待ち遠しい模様《もよう》だった。さて、アレイナ・シャインの霊《れい》は公演にあらわれるのだろうか？」

ジェンは新聞から顔をあげた。「いったいなんのことかしら」

「劇場《げきじょう》は幽霊《ゆうれい》にとりつかれてなんかいない。それはぼくたちだって知っている」とジーク。「でもラリーさんが知っていて、ぼくたちが知らないことって、なんだろう？」

第十二章　襲《しゅう》　撃《げき》

木曜日の本稽古《ほんげいこ》では、初日《しょにち》を翌日《よくじつ》にひかえ、興奮《こうふん》と緊張《きんちょう》が最高潮《さいこうちょう》に達《たっ》していた。この公演《こうえん》が大きな注目を浴《あ》びているせいで、みんなはぴりぴりしていた。ところがジェンが見たところ、ケイトとヘザーだけは別《べつ》だった。

「あの二人はどうなってるの?」ジェンは稽古の休憩《きゅうけい》時間に小声でジークにきいた。

ジークも二人を見た。舞台《ぶたい》わきで幕《まく》に半分かくれて、なにやらくすくす笑《わら》っている。

「主役を取られて、ヘザーはケイトのことを嫌《きら》っているのかと思ってたけど」とジーク。

「そうよね」ジェンが言った。「でもあの二人、まるで親友どうしみたい」

「このあいだ、ヘザーがケイトを舞台《ぶたい》から突《つ》き落としたんじゃないかって言ってたよね？」ジークがきいた。

ジェンが考えこみながらうなずいた。「あのときはそう見えたの」

「なんかあやしいよね」とジーク。

「わたしもそう思う」ジェンはジークを見た。きかなくても、なにを考えているのかわかる。ジェンはほほえんだ。「よし、行ってみよう！」

ジェンに笑顔《えがお》を返すと、ジークはケイトとヘザーのほうへ向かった。ジークたちが近づいてくるのに気づき、ケイトとヘザーは笑《わら》うのも、ひそひそ話もやめた。

ジークはせきばらいした。まわりに聞こえないように、声を低《ひく》くして話しかけた。「ジェンと見ていて思ったんだけど、二人はなんかへんじゃないですか？最初《さいしょ》はヘザーさんがケイトさんに嫉妬《しっと》しているみたいだった。それなのに、今はまるで親友どうしみたい」

ケイトとヘザーはさっと顔を見あわせた。

「話しておいたほうがいいかもしれないわね」ケイトがヘザーに言った。「この二人、謎解《なぞと》きがうまいっていうから。それを言いふらされても困《こま》るじゃない？」

ヘザーは肩《かた》をすくめ、金髪《きんぱつ》を耳にかけた。「わたしはいいけど」そう言うと目を細めて双子《ふたご》を見た。「でも、だれにも言わないと約束《やくそく》して！」

「約束します」ジェンがすぐに答えた。いったいなにごと？　と心の中で思った。

「あのね」ケイトがゆっくりと話しはじめた。「わたしは正直《しょうじき》言うと、演技《えんぎ》は好《す》きじゃないの。生まれつき声だけはよかった。でもわたしは背景《はいけい》を描《えが》いたり、衣装《いしょう》を縫《ぬ》ったりするほうが好きなの。おかあさんがやれやれって言うから出てるだけ。もう気づいてるでしょうけど」

「ほんとに？」ジークが口を開いた。

ジェンがジークにひじ打ちした。さいわいジークはジェンの意図《いと》を察《さっ》して、口を閉《と》じた。ここでなにかきけば、ケイトの気分を害《がい》してしまうだけだ。

「それでね」ヘザーが話を引きとった。「わたしは演技が好きなので、ケイトがあの役をゆずってくれることになったの。でも気をつけてやらないと。わたしたちがたくらんでいることを知ったら、ヘイグさんもキズメさんも、心臓発作《しんぞうほっさ》を起こしちゃう」

「じゃ、ほんとうは舞台《ぶたい》から落ちたわけじゃなかったんですか？」ジェンがきいた。

ケイトは首をふった。長い黒髪《くろかみ》がゆれる。「落ちてないわ」

「なるほどね」ジークが急に、納得《なっとく》した声を出した。「だからこのあいだは足を引きずっていなかったんだ」

「そのとおりよ」とケイト。「ほら、やっぱり女優失格《じょゆうしっかく》よね。あの〝事故《じこ》〟は、ヘザーがほかの役の人たちと舞台《ぶたい》で稽古《けいこ》できるように、仕組んだのよ」

「でも公演初日《こうえんしょにち》の舞台はどうするんですか?」ジークがたずねた。

ケイトがニヤッと笑《わら》った。「心配しないで。ちゃんと計画を練ってあるから」

「お願《ねが》いよ」ヘザーがちょっと心配そうに念《ねん》を押《お》した。「だれにも言わないでね」

「そんなにいやなら、おかあさんに話したほうがいいんじゃないですか?」ジェンがケイトに向かって言った。

ケイトは足元に視線《しせん》を落とした。「ええ、わかってるわ」そして顔をあげた。「話すわ……公演が終わったらね。約束《やくそく》するわ。今言ったら、おかあさん、たおれちゃう」

ちょうどそのとき、ヘイグさんが手をたたいた。「さあ、始めるぞ」声をはりあげた。「元の位置《いち》にもどって!」

すぐさま全員が動きだした。ジェンはヘイグさんにかけよった。オオカミ少女のしっぽを見てもらわなければならないのだ。それまでの試作品《しさくひん》は、どれも気に入ってもらえなかった。今回のはワイヤー入りで、身につけるとゆれるようになっている。

「なかなかよくなったじゃないか」ヘイグさんはうなずきながら言った。

ワイヤーを入れるのはジェン自身の発案《はつあん》だったので、誇《ほこ》らしい気分になった。

ヘイグさんは役者のひとりをどなりつけようと、くるりとふりむいた。そのときに、いつも持ちあるいている大きなバッグをひっくりかえしてしまった。ジェンはすぐに身をかがめて、散乱《さんらん》したCDを集めた。心臓《しんぞう》がとび出るほどおどろいた。ここだったのだ、アレイナ・シャインのCDを見かけたのは！　思わず手に取ってみた。家にあるものと同じかどうかをたしかめようとしたところで、ヘイグさんに取られてしまった。

「仕事にもどれ」ぶっきらぼうに命じた。

もうヘイグさんのきつい言いかたも気にならなかった。ジークのところへ走った。

「へえ」今のできごとをジェンが説明《せつめい》すると、ジークは言った。「劇場《げきじょう》の三階で音楽をかけているのは、ヘイグさんだったってことかな」

ジェンは力強くうなずいた。「アレイナ・シャインの霊《れい》で注目を集めて、ニューヨークのブロードウェイで仕事を手に入れようって考えてるのかな」

「ステイシーを地下に閉《と》じこめたのも、ヘイグさんなのかな？」ジークがきいた。

ジェンはこの話になると顔をしかめた。幽霊《ゆうれい》になりすますだけならまだしも、親友を監禁《かんきん》するような真似《まね》はゆるせない。「これ以上《いじょう》ひどいことを起こさないよう、ヘイグさんに気をつけてたほうがいいわね」

まもなくジークが登場する時間だったので、それ以上は相談《そうだん》できなかった。今度こそ出番を忘《わす》れないようにしなくては。

その日の終わりには、みんな疲労困憊《ひろうこんぱい》していた。いつもはエネルギッシュなヘイグさんも疲《つか》れた顔で、「なかなかよかった」と口にした。

「なかなかよかった？」ジークがつぶやいた。「最高《さいこう》だったじゃないか」

「じゃ、なんでそんながっかりした顔をしているの？」ステイシーがきいた。

ジークはため息をついた。「本稽古《ほんげいこ》の出来《でき》がいいと、初日《しょにち》に悪いことが起きると言われているんだ」

ジェンははげましの言葉をさがしたが、なぜだか自分まで不安になってきた。迷信《めいしん》を信じているわけではない。でも凶運《きょううん》がこの劇場《げきじょう》を支配《しはい》しているような気がしてならなかった。その不安《ふあん》をふりはらおうと肩《かた》をゆらした。

ラリーが二人を元気づけようとしたにもかかわらず、家へ向かう車内もずっと重苦しい雰囲気《ふんいき》だった。

「あしたの夜、わたしが話すことを楽しみにしていてくれよ」ラリーがホテルまでの車中で言った。「大ニュースだよ。みんなおどろくだろうな」そう言ってくすっと笑《わら》った。「ミスティックの町はふたたび名前が知れわたり、わたくしラリー・トムキンズは信《しん》じられないくらいの有名人になります！」

ジェンはヒントをせがむ気にもならなかった。ジークも同じだ。しばらくするとラリーもようやく静《しず》かになり、ホテルで二人をおろした。ラリー自身はこれからまた町にもどり、街中《まちなか》のパブでほかの記者たちと一杯《ぱい》飲むのだという。

「まだ宿題をやらなきゃいけないなんて」ジークがぼやいた。

「ほんとよね」とジェン。「ねえ、居間《いま》でいっしょにやらない？　それなら眠《ねむ》くならないでしょ」

二人は宿泊客《しゅくはくきゃく》がゲームをするのに使う、小さなテーブルに陣取《じんど》った。ジークはリュックの中から算数の教科書を取り出し、ジェンは短い作文を書きはじめた。ビーおばさんは、二人がすわったまま寝《ね》てしまっていないか見に、ときおり顔をのぞかせた。ウーファーとスリンキーは、ソファの近くの小さな敷物《しきもの》の上に、気持ちよさそうに落ち着いた。

電話が鳴ったときも、ジェンはほとんど気づかなかった。あと一段落《だんらく》書きおえれば、ベッドにもぐりこめる！　とそこへ、ビーおばさんがかけこんできた。青い顔をして、手をギュッとにぎりしめている。

ジェンが顔をあげた。「どうしたの？」おどろいて立ちあがった。

「ウィルソン刑事《けいじ》がケガをしたそうよ！」ビーおばさんは言った。

「病院に運ばれたの？」ジークがきいた。

ビーおばさんは首を横にふった。「いいえ、頭をなぐられたそうだけど、本人がだいじょうぶだと言いはったみたい。ジョー・ピネリがここまで車で送ってくるそうよ。万が一脳震盪《のうしんとう》を起こしていても、ここならわたしの目があるからね」

ジェンの心臓《しんぞう》の鼓動《こどう》が早まった。「劇場《げきじょう》で？」

ビーおばさんは言葉をつまらせ、だまってうなずいた。二人はおばさんといっしょに、玄関《げんかん》まえのベランダでウィルソン刑事《けいじ》の到着《とうちゃく》を待った。昨年以来《さくねんいらい》おばさんはウィルソン刑事と親しくしていたので、とても心配しているのがわかる。

まもなくジョーが到着し、ケガをしているウィルソン刑事に手を貸《か》して車からおろした。「なにか必要《ひつよう》なものがあれば言ってください」ジョーは帰りがけに言った。「ほんとうに申《もう》し訳《わけ》ありませんでした」

ウィルソン刑事は顔をしかめた。「気にしないでください。あなたのせいじゃありませんよ。だって、あなたがやったわけじゃないでしょう?」そう言ってくすっと笑《わら》ったが、笑うと頭が痛《いた》むようだった。

ジョーが帰ると、ビーおばさんはウィルソン刑事を居間《いま》のソファまで連《つ》れていった。ウィルソン刑事が落ち着いたところでジークがきいた。「なにがあったの?」

刑事はおでこをさすりながら答えた。「わたしもよくわからないんだよ。いちばんまえの席《せき》ですわっていたら、とつぜん、ボカン! とやられて。たぶん気を失《うしな》っていたと思う」

「犯人《はんにん》は見えた?」ジェンがたずねた。

ウィルソン刑事《けいじ》は首をふった。「音も聞こえなかった。なにも聞こえなかったんだ」

ジェンは顔をしかめた。今回の襲撃事件《しゅうげきじけん》については、なんの手がかりもなさそうだ。ヘイグさんがひそかに劇場《げきじょう》にもどり、あの音楽を流したのだろうか？　でも、なぜそんなに遅《おそ》い時間にかけるのだろうか？　聞くのはウィルソン刑事しかいないのに。それとも、犯人《はんにん》はジョー・ピネリなのか？　何度もあやまっていたが、あれも計画の内なんだろうか？　ほかにはだれが考えられるだろう？

「ジェン、ジーク、もう寝《ね》なさい」ビーおばさんが言った。ウィルソン刑事の頭の下にクッションを入れてやったりして、世話《せわ》を焼《や》いている。

ジェンもジークもすなおにしたがった。二人はウィルソン刑事に、ゆっくり休んでよくなってね、と言い、居間《いま》をあとにした。だが、今はとても寝る気にはなれない。

二人はジェンの部屋《へや》に着くまで、おしゃべりもしなかった。ジェンはなにも言わず、紙を取り出し、ジークにペンを投げた。この謎《なぞ》を解《と》くには、容疑者《ようぎしゃ》メモを使うしかない、と思ったのだ。

「ぼくもそう思っていたところさ」ジークはさっそく書きはじめながら言った。劇場の幽霊《ゆうれい》の正《しょう》体《たい》はなんなのだろうか？

容疑者メモ

容疑者《ようぎしゃ》 キズメさん

動《どう》　機《き》 ケイトを有名にするためなら、なんだってやる気だ。演出家を追い出し、自分がミュージカルを演出して、娘を目立たせようとしているのでは？

疑問点《ぎもんてん》

1. ヘイグさんを殺すと脅した。キズメさんが出ていった直後に不審な事故があり、あやうくヘイグさんが命を落とすところだった。事故？それとも殺人未遂？

2. アレイナ・シャインの古いポスターを見つけたくらいだから、あちこちさぐっていたのはまちがいない。昔の品をもっと手に入れようともう一度地下におり、そこでステイシーを見かけて、口外されないように閉じこめたのか？

3. 幽霊が出たように見せかけた（歌声、小道具の紛失、ヘイグさんの事故）のでは？娘のため、公演に注目を集めようとして。

容疑者メモ

容疑者《ようぎしゃ》 ラリー・トムキンズ

動《どう》　機《き》 一世一代の大スクープをねらっているのか。有名記者になるためなら、なんだってやる？

疑問点《ぎもんてん》

1. 灯台ホテルの中をこそこそとかぎまわっているのはなぜ？　ホテルのどこに興味があるのだろうか。
2. ホテルをかぎまわっていたときに写真とテープを持ち去ったのか？　その目的はなに？
3. 幽霊が出たと思わせようとしているのでは。公演が注目されて、自分の劇評も大きく取りあげられるから。
4. 公演初日に公表するという、とんでもない秘密とはなに？

容疑者メモ

容疑者《ようぎしゃ》 ヘイグさん

動《どう》機《き》 ほんとうはヘイグさん自身もスカウトの目に留まって、ミスティックからはなれたいと思っているのかもしれない。でももしそうであれば、なぜわざわざ公演の成功をおびやかすような事故を起こしたりするのだろうか。

疑問点《ぎもんてん》

1. あの短気は本性なのか、ただの変人なのか。それとも自分のたくらみから周囲の目をそらすために、わざと異常なふるまいをしているのか。
2. 幽霊が出たことにして、注目を浴びようとしたのか。実際、アレイナ・シャインのCDを何枚か持っている。

容疑者メモ

容疑者《ようぎしゃ》　アリス・ピネリとジョー・ピネリの夫妻

動《どう》　機《き》　『森のオオカミ少女』の再演に大反対している。なぜ？

疑問点《ぎもんてん》

1. ミスティック劇場が注目されるのを嫌うのはなぜ？
2. 再演に反対なのに、なにも行動を起こさなかった。それともなにか手を打ったのか。
3. 幽霊が出るように見せて人をこわがらせ、劇場に足を運ばせまいとしたのかもしれない。そうすれば公演が中止になるから。
4. ジョーは停電を古い配線のせいにしたが、それはつい最近新しくしたばかりだった。
5. アレイナ・シャインはジョーのヨットに乗っていて行方不明になった。そのことでジョーはなにかをかくしている？

ジェンは顔をしかめながら、容疑者《ようぎしゃ》メモを一枚《まい》一枚読んでいった。「まあね」ようやく口を開いた。「少なくともケイトとヘザーは容疑者リストから消えたわね」

ジークがため息をついた。「だからといって、なにも見えてこないけどね」

「たしかに」とジェン。ぎっしり埋《う》まった容疑者メモを机《つくえ》の上に置《お》いた。「なーんの役にも立たないわ」

読者への挑戦《ちょうせん》

劇場《げきじょう》の幽霊《ゆうれい》はだれのしわざか、わかったかな？　ジェンとジークもそれぞれの容疑《ようぎ》者《しゃ》についてなかなかいいメモを残《のこ》しているが、大事な手がかりがいくつか抜《ぬ》けている。それがわからなければ、ことの真相は明らかにできない。

結論《けつろん》は出たかな？　時間はたっぷりある。じっくりメモを読みかえしてみよう。そしてジェンとジークが見落としていることを書きくわえるのだ。すべての謎《なぞ》が解《と》けたら、最後《さいご》の章を読んでみてくれたまえ。さて、ジェンとジークはちりばめられた断片《だんぺん》をつなぎあわせて、幽霊劇場の秘密《ひみつ》を暴《あば》くことができたかな？

幸運を祈《いの》る！

解決篇《かいけつへん》　本件《ほんけん》、ひとまず解決！

金曜日、授業《じゅぎょう》が終わると、ジェンとジークはミスティック劇場《げきじょう》へと急いだ。開場まであと数時間しかないというのに、それまでに終わらせなければならないことが、突如《とつじょ》として山ほどわいて出てきたようないそがしさだ。

ヘイグさんはいつも以上《いじょう》にわめき、どなり散《ち》らしている。キズメさんをしめ出すことはもはや不可能《ふかのう》だった。

「娘《むすめ》のそばにいるのが当然《とうぜん》じゃありませんか」と主張《しゅちょう》する。「ぜったいに出ていきません！」

結局《けっきょく》、ヘイグさんが折《お》れた。

「ケイトを主役にしたことを後悔《こうかい》してるんじゃない？」ステイシーがジェンにささやいた。

ジェンは肩《かた》をすくめた。今夜、ケイトはいったいどうやって出演《しゅつえん》をのがれるのか、ということばかりが気になっていた。今のところは、だれもがみなケイトが主役だと思っているはずだ。

この狂《くる》ったようないそがしさの中、ジークはピネリ夫妻《ふさい》の姿《すがた》を見かけた。ジョーは紺色《こんいろ》のスーツを着こみ、今夜の公演にそなえている。アリスは長引いた風邪《かぜ》のせいか、顔色があまりよくないが、深緑色のドレスの上にカーディガンをはおっている。目をこらして見ると、それは先日ジェンが劇場内《げきじょうない》で見つけたカーディガンにそっくりだった。とはいえ、確信《かくしん》は持てない。ジークが手をふると、二人もふりかえしてくれたが、笑顔《えがお》はなかった。

ようやくいそがしさが一段落《だんらく》し、ゆっくりとした時間が流れはじめた。ジェンにしてみると、これは嵐《あらし》のまえの静《しず》けさだった。まもなくお客さんが詰《つ》めかける。

ヘイグさんは舞台裏《ぶたいうら》にあらわれると、手をたたいて、みんなの気を引いた。みんなが集まると、せきばらいをした。「わたしはたしかに気むずかしい演出家《えんしゅつか》だ――」あちらこちらでくすくすと笑《わら》い声が起こった。「それは最高《さいこう》のものを求《もと》めるからだ」ここでひと呼吸《こきゅう》おいた。「でもわたしは胸《むね》をはってみんなに言いたい……」とここでまたせきばらいをした。「きみたちはわたしが期待していた以上《いじょう》に優秀《ゆうしゅう》だった。今夜の公演《こうえん》は、五十年まえのアレイナ・シャインの公演をはるかにしのぐものになるだろう。最高《さいこう》の役者と裏方《うらかた》にめぐまれたことを感謝《かんしゃ》している」

みんなはおどろきのあまり、少しのあいだ言葉もなかった。次の瞬間《しゅんかん》、大歓声《だいかんせい》があがり、みんなが大きく拍手《はくしゅ》した。

ジェンがジークの肩《かた》をそっと突《つ》いた。二人とも拍手をつづけながら、ヘイグさんを見つめた。

「なんだかんだ言っても、ブロードウェイに行く気はないみたいね。心からここでの仕事を楽しんでいるみたいじゃない」

「あれがすべて演技《えんぎ》でなければね」とジーク。

ジェンは首をふった。「そうは見えないけど。本心で言ってるみたいよ」

「ぼくはやっぱり注意しておくべきだと思うな」ジークがそう言ったころには、ようやく拍手もやみ、みんなはそれぞれの場所へもどっていった。

「そういえば」ジェンが頭をかたむけて合図した。「ヘイグさんが話してる相手を見て」

ジークはその方向を見た。ヘイグさんがケイトを見おろすように立っている。ケイトの言葉を聞き取ろうとするかのように、頭をさげている。するととつぜん、その顔が真っ赤になった。

「なんだって？」ヘイグさんが大声をあげた。「喉頭炎《こうとうえん》だと？」

全員が息をのんだ。ジェンとジークは顔を見あわせ、ジェンはまゆをあげた。こういうことね、と口だけを動かした。

まったく声が出ないのでヘザーに代役《だいやく》をたのむしかないということを、ヘイグさんと、すっかり取り乱《みだ》している自分の母親に納得《なっとく》してもらうのに、ケイトはゆうに十五分は費《つい》やした。

「キズメさん、心臓発作《しんぞうほっさ》でも起こすんじゃないかと思ったわ」しばらくしてから、ステイシーがくすくす笑《わら》いながらそう言った。「いばり散《ち》らしてたばちがあたったみたいね」

ジェンも同感だが、なぜか少しキズメさんがかわいそうに思えた。母親として、ケイトの望《のぞ》みをかなえようと思っていただけなのだろう。二人はそのうちじっくり話しあう必要《ひつよう》がありそうだ。

開場すると、舞台裏《ぶたいうら》の興奮《こうふん》もまた増《ま》してきた。さっきまではととのっていたヘイグさんの髪《かみ》は、もうすでにめちゃくちゃで、四方八方につっ立っている。ケイトは塩水《しおみず》の入ったコップを手に、すみにすわっている。母親にうがいをするよう、しつこく言われているようだ。ヘザーは衣装《いしょう》を着て、メイクをするのにいそがしい。

ようやく観客《かんきゃく》が席《せき》に着き、あと五分で幕《まく》が開くという合図があった。

「どうして五分も待たなきゃいけないの？」トミーが腕時計《うでどけい》を見ながらジークにたずねた。「もう七時だよ」

そのトミーに答えるかのように、声が幕《まく》のまえから聞こえてきた。観客《かんきゃく》に向かってだれかがしゃべっているらしい。

「わたしの名前はラリー・トムキンズです。本作の名演出家《めいえんしゅつか》におゆるしをいただき、開演まえに短い報告《ほうこく》をさせていただきます」

ジェンとジークは幕の横からちらっとのぞいた。ラリーが明らかにするという大スクープがなんなのか、知りたくてたまらなかった。

ラリーは両手をこすりあわせながら言った。「わたしはアレイナ・シャインと、彼女《かのじょ》が海で姿《すがた》を消したというにせ情報《じょうほう》について、真実をさぐりだすことができました」

「にせ情報？」ジークがくりかえした。

「アレイナ・シャインは」ラリーは大げさに間《ま》をおきながら話しつづけた。「今も元気で、ここメイン州《しゅう》ミスティックに暮《く》らしています」

観客席《せき》から、息をのむ音が聞こえてきた。まるで枯葉《かれは》が風に舞《ま》うような、ひそやかなささやき

うことだい？」

声が広がった。

観客席《かんきゃくせき》にすわっていた記者のひとりが立ちあがって質問《しつもん》した。「トムキンズ、いったいどうい

ラリーはニヤリとした。「マクニール、これから説明《せつめい》するよ。わたしはミスティックに来て以来《らい》、たんねんに調査《ちょうさ》をしてきました。そして証拠《しょうこ》を――確固《かっこ》たる証拠を手に入れました。アレイナ・シャインはビー・デールです。ミスティック灯台《とうだい》ホテルのオーナーです！」

客席は大さわぎになった。すっかり元気になったウィルソン刑事《けいじ》とピネリ夫妻《ふさい》とともに、最前《さいぜん》列《れつ》にすわっていたビーおばさんは、あぜんとした表情《ひょうじょう》を浮《う》かべている。ぽかんと口を開けたま ま、アリスとジョーを見て、次にウィルソン刑事を見た。

「いったいどういうこと？」ジークは幕《まく》の陰《かげ》から出て、ラリーのとなりに立った。ジェンもそれにならう。

ラリーは二人にほほえんだ。「証拠はこの写真の中にあります」これ見よがしに、居間《いま》にあったビーおばさんの写真を、大きく引きのばしたものを広げた。「この髪型《かみがた》を見てください。アレイナ・シャインと同じです」そしてしゃがみこむと、ステージに持ってあがった大型ラジカセの

ボタンを押《お》した。「つい先日の夜に録音《ろくおん》した歌声です」

観客《かんきゃく》はラリーが流すテープの音に耳をすました。

「あれ、わたしたちが録音したものじゃない」ジェンがジークの耳元でささやいた。「ラリーさんが盗《ぬす》んだのね！」

次にラリーはアレイナのＣＤをかけ、声の抑揚《よくよう》が似《に》ていると説明《せつめい》した。ふたつの声は明らかに同一人物のものだ。

別《べつ》の記者が立ちあがり、声をあげた。「その録音テープはどこで手に入れたんですか？」

ラリーはえりを正し、双子《ふたご》を見ようともせずに言った。「わたしがこの劇場《げきじょう》で録音しました」

さらに息をのむ音。カメラのフラッシュがたかれ、記者たちは全員、このおどろくべき大スクープを必死《ひっし》にメモに取っていた。この謎《なぞ》が解《と》けたとは、世紀《せいき》のビッグ・ニュースだ！

ビーおばさんがすっくと立ちあがった。「ばかげています」おばさんは大声で言った。「わたしはアレイナ・シャインではありません。ちょっと町の人たちにきいていただければ、わかるはずです。アレイナとちがって、わたしはここで高校を卒業《そつぎょう》し、その後地元の大学に進学しました。卒業後はミスティック町立図書館で働《はたら》き、数年まえに退職《たいしょく》しました。どう考えても、ハリウッドで活躍《かつやく》するなんて時間はないでしょう？」

観客《かんきゃく》が笑《わら》った。

「で、でも――あの写真は？」ラリーがつかえながら言った。「ホテルの居間《いま》で見つけました。アレイナ・シャインにそっくりじゃないですか」

「それは同じ髪型《かみがた》でしたし、仲《なか》がよかったですからね」とビーおばさん。

「じゃ、あの歌は？」ラリーは必死《ひっし》だ。「毎晩《まいばん》、どこかへ出かけていましたよね。その晩は決まって劇場《げきじょう》で歌声が聞こえました」

ビーおばさんはかすかにほほえんだ。「わたしは図書館でボランティアをしているんです。毎年、蔵書《ぞうしょ》の目録《もくろく》作りのお手伝《てつだ》いをしています。時間もかかるし、めんどうな仕事で、しかも図書館が閉館《へいかん》したあとの夜にしかできない仕事です。それに歌うなんて、とんでもない」ビーおばさんは口を開けて、大きな声で少し歌った。とても聞けたものではなかった。

客席《きゃくせき》のクスクスという笑い声が、今では爆笑《ばくしょう》になっていた。

「ブー！」観客席のどこからか野次《やじ》がとんだ。「早く芝居《しばい》を始めてくれよ！ お笑い芸人《げいにん》を見にきたわけじゃないんだ！」

ジェンはラリーが少しだけかわいそうになった。どうしてこんな致命的《ちめいてき》なミスをしでかしてしまったのだろうか。そのとき、別《べつ》の考えが頭をよぎった。でもラリーに直接《ちょくせつ》たしかめるひまもなく、ジョーがラリーと双子《ふたご》をせかして舞台《ぶたい》からおろし、自分の事務室《じむしつ》へ連《つ》れていった。すぐに、アリス、ウィルソン刑事《けいじ》、ビーおばさんもやってきた。ほかの記者たちも入れてくれとたのみこんだが、ジョーがぴしゃりと記者たちを閉め出《し》した。

ジェンが真っ先にきいた。「スティシーを地下に閉《と》じこめたんですか？」

ラリーが足をもぞもぞさせている。「えーっと……」

「やっぱりそうだ！」気まずそうな表情《ひょうじょう》にぴんと来て、ジェンは叫《さけ》んだ。

ウィルソン刑事が一歩まえに出た。「それはれっきとした犯罪行為《はんざいこうい》です」きびしい口調《くちょう》で言う。「監禁罪《かんきんざい》で起訴《きそ》されてもおかしくないくらいですよ」

「しかもゆうべ、ウィルソン刑事をなぐった」ウィルソン刑事を指さしてジークがつづける。それまではどこか申《もう》し訳《わけ》なさそうにしていたラリーが、ふてくされた顔になった。「じゃまだったんだ。アレイナが歌っているところを見つけて、写真をとるつもりだったのに、こいつがじゃまで、どうにかしなきゃと思ったんだ」

ジェンは体をふるわせた。ラリーの言葉は、記者というよりもギャングのようだ。

「どうりで《ザ・ニューヨーク・タイムズ》に名前が見つからなかったわけだ。《ザ・ニューアーク・タウンズ》なんていう新聞も実在《じつざい》しないんでしょう」ジークが言った。

「そのとおりさ、探偵《たんてい》さん」ラリーがとげとげしい口調《くちょう》で言う。「わたしはフリーの記者なんだ。どこの新聞社にも勤《つと》めていない。このまま大スクープがなければ、記者としてやっていけなくなる。このスクープで大金持ちになれるところだったのに」そしてビーおばさんをにらんだ。「てっきりあなたがアレイナ・シャインだと思った」

ビーおばさんが肩《かた》をすくめた。「ご期待にそえなくて、ごめんなさいね。でもわたしはカリフォルニアには行ったこともないし、ハリウッドなんてとんでもない」

ウィルソン刑事《けいじ》がラリーの腕《うで》をつかんだ。「いっしょに警察署《けいさつしょ》まで行ってもらう。そこできちんと説明《せつめい》しなさい」すぐに二人は出ていき、ドアが閉《し》まった。

「これでだいたい説明はついた」とジーク。「でもまだ全部じゃない」

「そのとおり」ジェンが引きついだ。まるでまえからしゃべっていたみたいだ。「だれがビーおばさんの写真を居間《いま》から持ち出したのか、だれが……」そこでいったん口を閉《と》じた。真夜中にテープを録音《ろくおん》したことは伏《ふ》せておいたほうがいい。「えーっと、だれがホテル内をかぎまわっていたのかは、わかったわ。しのび足の名人ラリーさんだったのね」

「ということは、ヘイグさんじゃなかったんだ」とジーク。「ブロードウェイに行きたいがために幽霊《ゆうれい》がいるように見せかけて、注目を浴《あ》びようとしていたわけではなかった。この町がほんとうに気に入ってるんだろう」

「それにキズメさんでもなかったってことね。ケイトが有名になるチャンスを、だいなしにするはずないわ。でも、ヘイグさんがあやうく下敷《したじ》きになるところだった照明《しょうめい》落下事件《じけん》は、まだ謎《なぞ》だけど」ジェンも言った。

するとジョーが手をあげた。「あれは事故《じこ》だった。キャットウォークを作ったとき、照明がきちんと固定《こてい》されていなかったんだ」

ジークはにこっとほほえみながらビーおばさんを見た。「さっきは一瞬《いっしゅん》、ラリーさんが言っていることを信《しん》じそうになったよ」

「わたしも」とジェンもゆっくりと言った。「でもラリーさんも、あと一歩のところまで真実に近づいてたのよね」そう言うと小さな部屋《へや》を見まわした。「実際《じっさい》、アレイナ・シャインはここミスティックで元気に暮《く》らしている」そしてピネリ夫妻《ふさい》のほうを向いた。「アリスさん、あなたの本名《ほんみょう》はアレイナですよね。ちがいますか？」

アリスはくちびるをかみ、ビーおばさんを見た。おばさんはやさしくうなずいた。アリスはため息をつくと口を開いた。「まあ、一生秘密《ひみつ》にしておくことはできないと思っていたけど。どうしてわかったの？」

「まず『森のオオカミ少女』の再演《さいえん》に反対《はんたい》していた」とジーク。「姿《すがた》を消した大スターをさがそうなんてことになったら、困《こま》るからでしょう。ハリウッドの喧騒《けんそう》から遠くはなれ、平和に暮らしたかったんですよね」

アリスはうなずいた。「つづけて」

「それにジークが聞いてきたところによると、行方《ゆくえ》不明になったときに乗っていたのはジョーさんのヨットだったとか」とジェン。「あなたを愛《あい》していたから、手を貸《か》したんですね。二人で駆《か》け落ちして、その後、アレイナ・シャインからアリス・ピネリに名前を変《か》えたのでしょう。遺体《いたい》が見つからないわけですよ。おぼれてなんていないんだから」

「実《じつ》はしばらくたってから、ヨットは沈《しず》めた」ジョーが落ち着いた口調《くちょう》で話した。「はるか北の沿岸《えんがん》にでも係留《けいりゅう》されているヨットを発見されたら、大さわぎになるからね。いちばん確実《かくじつ》なのは、処分《しょぶん》することだった」

アリスは感心したように頭を左右にふった。「あなたたちは子どもなのに、ここまで解明《かいめい》できたなんて。おどろきだわ」

「そのカーディガンがヒントになりました」ジェンが説明《せつめい》する。「スティシーをさがしにきた、あの朝に見かけたんです。観客席《かんきゃくせき》にかけてあったのに、もどったときにはもうなかった」

「わたしが拾って、事務室《じむしつ》に持ち帰ったんだな」とジョー。「でもどうしてそのカーディガンで、実《じつ》はアリスがアレイナだとわかったのかな？」

「ジェンが、ラベルにイニシャルが刺繍《ししゅう》してあるのを見つけたんです」ジークが説明した。

アリスが肩《かた》にかけていたカーディガンを取り、ラベルを見た。「Ａ・Ｓ」そっと読みあげた。

「アレイナ・シャインね。自分の名前を変《か》えたとき、ここまでは気づかなかったわ」静《しず》かに笑《わら》いながらつづけた。「ほんとうにすばらしい探偵《たんてい》さんね」

「ひとつだけわからないことがあるんです」とジェン。「三階から聞こえた歌声のことです」

「スポットライトを浴《あ》びるのは嫌《きら》いだったけど、歌うのは今でも好《す》きなの」アリスが言う。「三階に行き、思う存分《ぞんぶん》歌うの。劇場《げきじょう》にだれもいないときを見はからって、三階にのぼるようにしていたんだけど、ここ数週間、夜中の劇場で幽霊《ゆうれい》の声を聞いたという人が何人もいたみたいね。それはこのわたしだったのよ」

「もしそうなら」ジェンはまだ混乱《こんらん》しながらきいた。「わたしたち……いや、ラリーさんが録音《ろくおん》したテープには、どうしてあなたがオーケストラをバックに歌う声が入っているんでしょうか。三階にはオーケストラはいなかったんですよね？」

アリスが笑《わら》った。「もちろんいないわ。伴奏《ばんそう》だけのテープに合わせて歌ってたのよ」そこでアリスの笑顔《えがお》がくもった。「こうなると、みんなに話したくなったんじゃないかしら。わたしがほんとうはだれなのか」

ジェンはジークを見た。考えていることはわかる。二人そろって首をふった。

「いいえ」とジークが言う。「だれにも言いません」

「身をかくして暮《く》らすために、とても苦労《くろう》されてきたんですもの。わたしたちもその秘密《ひみつ》を守ります」ジェンも言った。

ビーおばさんは二人の肩《かた》を軽くたたくと、つぶやいた。「えらいわ！」

アリスの目に涙《なみだ》があふれた。「ああ、ありがとう。ほんとうは、なんとかして公演《こうえん》をやめさせたかった。ようやく安心してミスティックにもどれると思った矢先に、あんな騒動《そうどう》がまたおとずれるのかと思うと、たえられなくて」恥《は》ずかしそうな顔をしている。「実《じつ》は公演を中止させようと、最初《さいしょ》の稽古《けいこ》のとき、照明《しょうめい》をすべて消したのよ」

「それに小道具をかくしましたよね」ジェンが指摘《してき》する。

アリスがうなずいた。「ほんとに恥ずかしいわ」

「気にしないでください」ジークがすかさず言った。「ぼくたちだって、きっと同じようにしたでしょう」

「背景幕《はいけいまく》に水をかけたのは？」ジェンがきいた。ケイトが描《えが》いた花がぐちゃぐちゃになっていたのを思い出したのだ。

アリスのほおが真っ赤になった。「あれはほんとうに事故《じこ》だったの。でもたしかにわたしのせいだわ」そしてジョーの顔を見た。ジョーは笑《わら》いをこらえている。「実《じつ》はね、三階のお手洗《てあら》いを使ってしまったの。水もれすることをすっかり忘《わす》れて。せっかく描いた背景幕をだいなしにして、ほんとうにごめんなさい」

ジェンが笑《わら》った。「これはだれにも話せませんね」

ジークも鼻をうごめかして、同意した。「だれにも、なんにも言いませんよ」

アリスは双子《ふたご》に感謝《かんしゃ》の笑《え》みを向けた。「どうもありがとう。わたしたちの秘密《ひみつ》を知っているのは、あなたたち二人とあなたたちのおばさん、そしてウィルソン刑事《けいじ》だけ。こんなすばらしい友人たちが、わたしを裏切《うらぎ》ることはないと信《しん》じています」

「わあ」ジークがにやりとして言った。「それって、このミュージカルのせりふですよね？」

開演《かいえん》に間《ま》に合うよう、ジョーはアリスとビーおばさんを連《つ》れて席《せき》にもどった。ここ数週間ではじめて、ジョーとアリスがうれしそうな顔をしている。

舞台裏《ぶたいうら》へ向かう途中《とちゅう》で、ジェンが言った。「ほかにも説明《せつめい》できることがあるわ。たとえばこのあいだの夜遅《おそ》く、ビーおばさんを劇場《げきじょう》で見かけたような気がしたこと。あれはアリス、いやアレイナだったのよ。ううん、やっぱりアリスか」ジェンが苦笑《にがわら》いした。「うっかり秘密をばらしてしまわないよう、気をつけなきゃ」

「だいじょうぶさ」とジーク。「ラリーさんがあんな失態《しったい》を演《えん》じたあとだし、だれもジェンの言うことなんて信《しん》じないよ」

幕《まく》のむこうでは観客《かんきゃく》が、席《せき》につくヘイグさんに拍手《はくしゅ》を送っている。

「うわっ、もう開演《かいえん》だ」ジェンがかん高い声をあげた。「幕を開けなきゃ！」

「ぼくはオープニング曲を歌わなきゃ！」

「死ぬ気でがんばれ」あわてて自分の立ち位置《いち》へと向かうジークのうしろ姿《すがた》に、ジェンが小声でエールを送った。

ジークがふりかえり、うめくように言った。「その表現《ひょうげん》はかんべんして！　せめて本気でがんばれ、くらいにしてくれないかな」

力を合わせることがすてきな思い出に——訳者《やくしゃ》あとがきにかえて

ミスティックの町はずれの古い劇場《げきじょう》。この劇場で五十年前に上演《じょうえん》され、主役の少女がハリウッド女優《じょゆう》となるきっかけを作ったミュージカルが、子どもたちによって再演《さいえん》されます。ジークはオーディションの末《すえ》、役をもらい、一方歌が大の苦手《にがて》なジェンは大道具の担当《たんとう》として、それぞれ参加《さんか》することになりました。気むずかしい演出家のもとで、二人はさまざまな年齢《ねんれい》の子どもたちといっしょに準備《じゅんび》に、練習にはげみます。ところがその劇場では夜《よ》な夜《よ》なうめき声が聞こえ、あわや大惨事《だいさんじ》というような事件《じけん》がつづきます。ミュージカル再演に合わせて改装《かいそう》されたこの劇場は、ひょっとして幽霊《ゆうれい》劇場なのでしょうか。しかも町じゅうの子どもたちや大人がこのミュージカルに大興奮《だいこうふん》している中、どういうわけかビーおばさんは乗り気ではない様子。つづけざまに起こる不吉《ふきつ》な事件となにか関係《かんけい》があるのでしょうか。いったいこの劇場ではなにが起きているのでしょう。双子《ふたご》探偵《たんてい》ジークとジェンはいつもの行動力と推理《すいり》力で、幽霊劇場の秘密《ひみつ》を暴《あば》いていきます。

幽霊《ゆうれい》といえば、小学生のころ、とても幽霊の存在《そんざい》に興味《きょうみ》を持った時期がありました。みなさんもそんなこと、ありませんか。「幽霊ってなんなのだろう」「どうやったら幽霊を見ることができるのだろう」「霊感ってどういうものなのだろう」そんなことをしきりに考えていました。きっとすごくこわがりだったのでしょうね。目に見えない、実態《じったい》がわからない存在がとても不気味《ぶきみ》に思えていたのでしょう。でもある本と出合ってからわたしの「幽霊」観《かん》は変《か》わりました。英国《えいこく》の作家チャールズ・ディケンズ作の『クリスマス・キャロル』です。クリスマス前夜のこと、血も涙《なみだ》もない、金もうけのことしか考えていない初老《しょろう》の商人スクルージのまえに、過去《かこ》・現在《げんざい》・未来《みらい》の精霊《せいれい》があらわれます。過去の精霊によって、夢《ゆめ》にあふれ、素朴《そぼく》な心を持っていた少年時代がよみがえる。現在の精霊には、貧しくとも幸せに生きている家族の姿《すがた》を見せられ、そして未来に精霊に連《つ》れていかれたのは……翌日《よくじつ》のクリスマスの朝、目ざめたスクルージは、人を愛《あい》し、人のために働《はたら》くことの重要《じゅうよう》さをかみしめるのです。「霊」という文字がつく言葉はどれも「怨念《おんねん》」のように暗くて、陰気《いんき》な印象《いんしょう》を持っていましたが、このお話を読んでからは、「霊」に人を変えさせる力強さのようなものを感じました。英語で「霊」を意味する単語《たんご》のひとつに、*spirit*《スピリット》があります。この単語は「心」「精神」という意味も持ちますが、このように考えると納得《なっとく》できますね。

わたしがこの『クリスマス・キャロル』を知ったのは、学校の学芸会《がくげいかい》でした。わたしは父の仕事の関係《かんけい》で、小学校時代をアメリカですごしましたが、クリスマスの時期になると高学年の生徒《せいと》たちがこの『クリスマス・キャロル』を演《えん》じるのが恒例《こうれい》となっていました。歌あり、踊《おど》りありの本格的《ほんかくてき》なミュージカルで、さぞかし稽古《けいこ》もたいへんだったのだろうなと思っていました。それから月日が流れ、先日、小学六年生の息子《むすこ》の学校で学習発表会がありました。そこで六年生がミュージカルを演《えん》じたのです。子どもたちは先生方の協力《きょうりょく》もあり、朝早めに登校して稽古をしたり、昼休みを使ったりして練習にはげんでいたようです。全員でコーラスを練習したり、ソロで歌う子どもたちは個別《こべつ》で特訓《とっくん》もしたことでしょう。短い準備《じゅんび》期間のわりには、すばらしいできばえでした。子どもたちにとっても、クラスで、学年でひとつのものを作りあげていく過程《かてい》は、とても充実《じゅうじつ》していたようです。主役級の役を演じる子も、せりふがひと言しかない子も、裏方《うらかた》で照明《しょうめい》を担当《たんとう》したり、大道具を作ったりしていた子どもたちも、それぞれ自分の役割《やくわり》をきちんと理解《りかい》し、それを実行《じっこう》することで、ひとつの作品が完成《かんせい》するのです。その過程はとてもすてきな思い出として、子どもたちの心に残《のこ》っていくことでしょう。

残念《ざんねん》ながら双子《ふたご》探偵《たんてい》ジークとジェンの活躍《かつやく》は、この第六巻《かん》でおしまいです。でもきっとみなさんの学校にも、近所にも、双子ではないかもしれないけど、ジークとジェンのような、推理《すいり》好《ず》きな「子ども探偵」がいるはずです。あなたもそのひとりかもしれませんね。これからも「容疑者《ようぎしゃ》メモ」を活用して、身近のちょっとした事件《じけん》を解決《かいけつ》してみませんか？　きっとみなさんが住んでいる町の新しい一面を知ることができるでしょう。幸運を祈《いの》る！

二〇〇六年十二月

早川書房の児童書〈ハリネズミの本箱〉

〈双子探偵ジーク＆ジェン⑥〉

幽霊劇場《ゆうれいげきじょう》の秘密《ひみつ》

二〇〇七年一月二十日　初版印刷
二〇〇七年一月三十一日　初版発行

著　者　ローラ・E・ウィリアムズ
訳　者　石《いし》田《だ》理《り》恵《え》
発行者　早川　浩
発行所　株式会社早川書房
東京都千代田区神田多町二ノ二
電話　〇三‐三二五二‐三一一一（大代表）
振替　〇〇一六〇‐三‐四七七九九
http://www.hayakawa-online.co.jp
印刷所　株式会社精興社
製本所　大口製本印刷株式会社

Printed and bound in Japan
ISBN978-4-15-250047-2　C8097

容疑者メモ

容疑者《ようぎしゃ》

動《どう》　機《き》

疑問点《ぎもんてん》